BIBLIOTHÈQUE DE LA JEUNESSE
DIBIDOUB
L'AMBITIEUX
PAR EUGÈNE LE MOUËL
LIBRAIRIE 2f50 HACHETTE

DIBIDOUB
L'AMBITIEUX

DIBIDOUB L'AMBITIEUX

PAR

EUGÈNE LE MOUËL

ILLUSTRATIONS D'EUGÈNE LE MOUËL

LIBRAIRIE HACHETTE
79, BOULEVARD SAINT-GERMAIN, PARIS

DIBIDOUB L'AMBITIEUX

OÙ JOJO DIBIDOUB SE PRÉSENTE

« Corbino, viens ici.... »

Un grognement peu harmonieux répondit à cet appel.

Il n'en pouvait être autrement, puisque le titulaire du nom ci-dessus n'était autre qu'un cochon, assez dodu, ma foi, et fort plaisant à voir.

Oui, cet intéressant quadrupède, dont les petits yeux étaient pleins de malice, sous des oreilles toujours en mouvement, semblait doué d'un naturel exubérant de fantaisie.

« Corbino, veux-tu venir ici, ou tu vas recevoir une raclée. »

Cette seconde admonestation n'eut pas plus de succès que la première ; c'est pourquoi Jojo Dibidoub, chargé de la surveillance de notre turbulent goret, prit le parti de lui donner la chasse, et, parvenu non sans peine à le rattraper, lui administra quelques taloches sur le groin.

Cela, incontinent, calma l'écervelé. Il prit une allure contrite et trottina piteusement aux côtés de l'enfant.

Celui-ci, tout en cheminant, lui parlait en ces termes :

« S'il y a des poulets perdus, tu t'en moques, n'est-ce pas? Moi, non... parce que les voisins tomberont sur moi et il faudra encore qu'on remette une pièce au fond de mon pantalon. C'est déjà assez ennuyeux de n'avoir pas d'autre compagnie que la tienne, du matin au soir.... Après tout, je suis bien bon de te faire la conversation. Tu ne comprends pas. Je veux bien que tu ne sois pas trop bête pour un cochon, mais, tout de même, je préférerais causer avec du monde.... Et il n'en passe pas beaucoup par ici. »

Incontestablement, il n'y avait pas la moindre animation sur la lande où Jojo s'avançait.

Seuls au milieu de ce désert, le petit garçon s'assit sur un rocher où il rêva sans dormir, tandis que le cochon, vautré à terre de son long, non loin de lui, dormit sans rêver.

« Oui, pensait Jojo, perché en haut de son caillou, on ne s'amuse guère dans ce pays-ci. Moi, je voudrais aller à Paris. Il paraît qu'il y a de belles maisons toutes dorées, et puis des manières de théâtres où l'on fait voir le cinéma. Ah ! le cinéma ! C'est-y ça que j'aimerais, oui, dame ! J'en ai jamais aperçu

JOJO DIBIDOUB RÊVAIT.

que la devanture sur le champ de foire de Châteaulin. J'aurais bien voulu y entrer ; mais ça coûtait gros et je n'avais dans mon gousset que trois sous et deux centimes. Je n'ai plus que les deux centimes, à cause que j'ai acheté un bâton de sucre d'orge avec les trois sous. C'est tout à fait bon ! Si j'étais riche, j'en mangerais plusieurs fois pajour ; et du poulet à la broche, au déjeur ner, au dîner, et au souper... toute la journée !

« Ça me ferait plaisir aussi d'être bien nippé à la mode, et de chausser des bottes vernies. Y en a qui sont des vrais miroirs, celles de M. le marquis de Corboulu, quand il part pour la chasse.... »

UNE AUTO ÉTAIT EN PANNE AU MILIEU DE LA ROUTE.

Jojo Dibidoub se laissait aller au fil de l'imagination, quand il fut arraché à ses songeries par une sensation de chaleur sur les genoux. C'était Corbino qui, sans plus de façons, venait d'y poser sa tête. Il n'y resta pas longtemps.

« Tu sens mauvais, lui dit le garçon. Veux-tu bien te sauver !... »

Et il le repoussa rudement.

Le cochon ne s'en froissa pas. Il exécuta deux ou trois gambades et s'en alla fouiller la terre, pour passer le temps.

Vous comprenez que rien n'est plus fâcheux que les privautés d'un animal aussi vulgaire, quand on plane au septième ciel de l'ambition.

La vie de Jojo. ⌀ ⌀ Malheureusement l'humble destinée de Jozon Dibidoub. qu'à l'ordinaire on appelait Jojo, n'était pas en rapport avec les fantasmagories qui hantaient sa cervelle. Il y avait entre son humble condition et les aspirations de son esprit une distance considérable.

Il habitait, au fond de la Basse-Bretagne, le hameau de Kerbaradoz, lequel se composait tout bonnement de quatre ou cinq maisons, perdues parmi la bruyère et les genêts.

Orphelin de père et de mère, il n'avait d'autre famille que sa grand'-maman, la vieille Jaketa Penguidic. Certes, elle affectionnait tendrement cet unique petit-fils, mais des moyens fort médiocres ne lui permettaient guère de satisfaire ses goûts grandioses.

Pour tout bien au soleil, elle ne possédait que sa chaumière, entourée d'un potager où poussaient pêle-mêle des choux, des poireaux, des carottes et des pommes de terre. Vous serez fixés sur son état de fortune en y ajoutant quelques volailles, cherchant leur vie à l'aventure, et le sympathique Corbino, dont la direction était exclusivement confiée à l'enfant.

C'était là son seul rôle, ici-bas. Bien modeste, en vérité, et sans grand charme pour un gars à la pensée constamment tendue vers un sport plus reluisant.

Pourtant Jojo ne semblait pas le moins du monde destiné à des aventures sensationnelles. Nul n'aurait osé prétendre qu'il quitterait un jour Kerbaradoz, pour tenir dans l'ordre social un autre emploi que le sien.

D'autant plus qu'il n'était pas avantagé physiquement, ayant le nez en pied de marmite et beaucoup trop pointu, sous une tignasse étrangère au peigne, qu'on eût dite, tant elle avait des tons violents, saupoudrée de brique pilée ; parce que, d'autre part, ses yeux ressemblaient assez à des points sur des *i* et que sa grand'mère avait coutume de dire : « Mon pauvre Jojo, tu as la bouche faite comme un bec de bouillotte. »

Si vous avez entendu parler d'Adonis qui, chez les Grecs, était le type de la jeune beauté, vous conclurez, d'après le portrait que je viens de tracer de notre personnage, qu'il n'y avait pas le moindre rapport entre eux.

Ne parlons pas, s'il vous plaît, de son instruction. Il savait que deux et deux font quatre, mais des additions plus compliquées le gênaient énormément. Son écriture rappelait la trace d'un hanneton, dont les pattes ont trempé dans l'encre, sur une feuille de papier blanc, et il lui arrivait de tenir son livre de messe à l'envers, n'étant pas absolument fixé sur la forme des voyelles et des consonnes.

Quant à ses facultés intellectuelles, le Créateur ne s'en était pas occupé particulièrement. Cela signifie qu'il ne se distinguait en rien de ses pareils, les petits Bretons simplets et rustiques de tous les Kerbaradoz de la péninsule.

C'est tout ce qu'il faut, soutiendrez-vous, pour mener un cochon à travers la lande. Je le reconnais ; mais ça ne s'accorde pas du tout, oh ! du tout, avec l'obsession de quitter son trou de campagne, pour vivre dans des endroits plus distrayants, habiter des immeubles splendides, se régaler de poulet rôti, porter des costumes flambants et se payer le cinéma.

Toutefois, l'avenir étant un mystère impénétrable, tels événements se produisent que les plus malins n'auraient pas prévu. Ce qui arriva à Jojo une semaine environ après cet après-midi où nous l'avons vu rêver sur son caillou, en est une preuve manifeste.

Les hasards de la destinée. ⌀ ⌀ Ce jour-là, vers sept heures du matin, il suivait son cochon ou son cochon le suivait, peu importe, le long de la lande coutumière, à proximité de la route nationale. Il allait devant lui, n'ayant l'air de penser à rien et en réalité ne pensant pas à grand'chose.

Son attention fut attirée par une auto jaune, en panne, au milieu de la chaussée, dont les voyageurs avaient mis pied à terre pour réparer une légère avarie au moteur. L'un trapu, la face ronde, la bouche large, les yeux vifs, le nez en manière de radis ; l'autre, plus élancé, aux traits plus forts, comme taillés à la serpe.

C'était là une trop belle occasion de se distraire pour n'en point profiter. L'enfant s'approcha :

« Bonjour, la compagnie. »

Les voyageurs le regardèrent et l'un d'eux, avec un accent grasseyant, lui répondit :

« Bonjour, Breizonneck.... »

Puis, l'ayant fixé un instant, il ajouta en riant :

« Tu as une bonne tête de pipe, mon vieux. »

Était-ce un compliment ou non, Jojo n'en savait rien. A tout hasard, il reprit :

« Ah ! dame, oui dame.... Merci bien, m'sieur. »

La conversation continua :

« Y aurait-il un mécano, dans ton patelin? »

Un mécano ! Ton patelin ! Voilà des mots qu'on ignorait à Kerbaradoz. Les yeux de Jojo, les points sur les *i*, s'arrondirent en boutons de gilet. A tout hasard encore, comme un instant auparavant, il riposta :

« Ah ! dame, non dame.... Merci bien, m'sieu.

— Dans tous les cas, observa l'autre des étrangers, tu es un jeune homme parfaitement élevé et tu arrives à propos. Tu vas nous donner un coup de main. »

A ce moment, Corbino, enchanté sans doute aussi de cette diversion à la monotonie de son existence, s'introduisit sournoisement entre les jambes du voyageur qui achevait de parler, avec des façons de vouloir se mêler au dialogue.

Ce qui lui attira cette apostrophe de

« TU AS UNE BONNE TÊTE ! » DIT L'UN DES VOYAGEURS EN APERCEVANT JOJO.

Jojo : « En v'là un mal poli !... Un coup de sabot appuya l'observation, et l'indiscret, ayant poussé quelques sons inarticulés, détala rondement, sans nul désir de pousser plus loin les relations avec ces messieurs.

Ils mirent entre les bras de Jojo une boîte de fer-blanc, pleine d'une graisse noirâtre, dont il ne tarda pas à se barbouiller les doigts. Comme il avait l'habitude de se gratter fréquemment le visage, il en résulta qu'il apparut bientôt sillonné de mouchetures malpropres.

Un des automobilistes, le plus grand, s'appelait Potard et l'autre Verjus. Ce dernier, ayant constaté que Jojo lui tendait la graisse avec zèle et précision, toutes les fois qu'il en avait besoin pour enduire les rouages de la machine, exprima l'opinion suivante :

LA FIGURE DE JOJO ÉTAIT TOUTE BARBOUILLÉE DE CAMBOUIS.

« Mon garçon, tu es peut-être moins bête que tu n'en as l'air. »

Le gars, très flatté, sourit de toute sa bouche. Une allégresse extraordinaire illumina sa figure, quand Potard ajouta :

« C'est vrai que le gamin s'y prend pas mal. Décrassé, il pourrait faire un groom sortable. Si on l'emmenait à Paris? »

Mécano! Patelin! Groom! Ces mots-là, c'était du chinois pour Jojo. Mais ce monsieur avait parlé de Paris.... Il était question de l'emmener à Paris, lui, Jojo! Tout à coup, il lui sembla que du sol aride de la lande jaillissaient des palais de diamant et des cortèges de seigneurs en velours qui jouaient de la trompette et qui secouaient des cornets de bonbons.

Il demeurait en extase, et, dans son trouble, se grattait de plus en plus. Le cambouis maintenant envahissait ses cheveux.

« Si ça continue, fit Potard en éclatant de rire, tu vas finir par en manger.... Mais parlons sérieusement. Comment t'appelles-tu?

— Jojo.

— C'est un prénom de caniche. Enfin ça ne me regarde pas.... Et ton nom de famille?

— Dibidoub.

— Dibi double! Admirable! Dibi suffirait sans qu'il soit double. Enfin, ça te regarde.... Veux-tu entrer à notre service? Nous retournons à Paris et tu profiteras de l'auto. Tu seras bien payé, bien logé, bien habillé. »

Tout ce que le jeune Breton enviait avec tant d'ardeur, voici qu'on le lui offrait. Ces messieurs-là, c'étaient peut-être des bons génies, travestis en hommes, comme dans les contes de fées?...

« Bien sûr, ça ne serait pas de refus... mais y a Corbino.

— Corbino?... Qui ça?

— Mon cochon.

— Eh bien, ton cochon, y se gardera tout seul, ou bien un autre le gardera. N'importe qui peut garder un cochon. Y a pas besoin pour ça d'avoir fait ses études.

— Ça se pourrait bien, oui dame. Pourtant, mes bons messieurs, j'peux pas m'en aller comme ça, tout d'un coup sans crier gare.

— A cause de ta malle, peut-être? Tu veux emballer ton linge et tes frusques?

— Oh! tant qu'à ça, j'ai une chemise de rechange, et qu'est pleine de trous. Pour mes hardes, j'en ai pas d'autres que celles que je porte.

— Alors, tu nous ennuies. Veux-tu ou ne veux-tu pas? Avec nous, faut se décider promptement....

— Je veux bien, mais c'est rapport à ma grand'maman, Mme Jaketa Penguidic, qui demeure là-bas... voyez-vous, la troisième maison sur la gauche, la maison qui fume.... Mes bons messieurs, j'voudrais pas partir sans l'embrasser. Ça serait pas bien long. Si vous vouliez m'attendre un petit quart d'heure? »

Les voyageurs voyaient bien, aux yeux de Jojo, qu'il brûlait de les suivre, mais ils sentaient qu'un combat se livrait en lui. Sans doute, à une époque où les bons domestiques sont rares, ils prévoyaient que cet enfant naïf, qui n'était jamais sorti de son village, serait un serviteur attentif et dévoué, quand on l'aurait stylé. C'est pourquoi ils résolurent de brusquer les choses :

« Ça se comprend, lui dirent-ils, en ramassant leurs outils, tu voudrais faire tes adieux à ta grand'mère. Mais ça lui causerait du chagrin. Finalement elle conviendrait que c'est ton intérêt de venir avec nous, mais elle ne se déciderait pas tout de suite. Il y aurait entre vous un tas d'histoires à perte de vue. Nous n'avons pas le temps d'attendre. Allons ! Décide-toi.... Monte avec nous. Quand nous serons à Paris, tu lui écriras à ta bonne femme de grand'mère et tout s'arrangera. Sans compter, mon lapin, que c'est amusant de filer à 60 kilomètres à l'heure. Parions que tu n'as jamais été en auto ? Veux-tu, oui ou non ? »

La tentation était trop forte pour que Jojo y résistât. Il alla se débarbouiller rapidement dans l'eau de la rigole. On l'installa dans le compartiment d'arrière. Les nommés Potard et Verjus grimpèrent lestement sur le siège et, avec un grand bruit de ferraille, le véhicule s'élança comme un bolide sur la route blanche.

En route pour Paris ! ◢◢ Évidemment, l'enfant n'avait pas la conscience tranquille d'abandonner ainsi la pauvre aïeule qu'il aimait bien pourtant. Il se retourna et, en regardant s'enfuir dans le lointain le toit de chaume que jusque-là il n'avait jamais perdu de vue, des larmes perlèrent à ses cils. Mais le vent de la course les sécha bien vite. A treize ans, les chagrins passent comme des vols d'hirondelles, et puis, quel plaisir de se sentir emporté dans un pareil tourbillon de vitesse !

Tout à l'heure, il pleurait. Maintenant, il riait à gorge déployée. Des exclamations de joie fusaient de son gosier....

« Oh ! oh ! oh ! oh ! oh ! C'est-y amusant. J'vas plus vite qu'une balle de fusil. »

La grand'mère Jaketa et le hameau de Kerbaradoz s'estompaient dans la brume. Jojo Dibidoub ne regardait plus en arrière. Il oubliait le passé. Il courait vers Paris !

En revanche, Verjus, qui était au volant, et Potard, assis à ses côtés, parfois, du haut des montées, d'un coup d'œil rapide, le cou tordu, inspectaient le chemin qu'ils venaient de parcourir, comme pour s'assurer qu'ils n'étaient pas suivis.

Jojo n'y prit pas garde, pas plus qu'il n'avait remarqué que ses nouveaux maîtres s'exprimaient dans un langage assez commun et qu'ils ne brillaient pas par la distinction des manières, pour des gens possédant une aussi belle voiture.

C'était une course folle ! De chaque côté de la route, les bornes kilométriques paraissaient des dés à jouer, roulant sur les banquettes de verdure avec une allure endiablée et les poteaux de télégraphe défilaient comme des aiguilles à tricoter ayant la danse de Saint-Guy.

Il fallait que Potard et Verjus fussent bien pressés pour aller si vite. Mais, à ce compte, leur provision d'essence s'épuisa rapidement. Force fut de la renouveler bientôt. On stoppa dans la traversée d'un gros bourg, Pont-Coadou, devant la boutique d'un épicier.

C'est là que Jojo fit ses débuts de groom, et l'on verra qu'ils furent marqués de circonstances inexplicables.

En effet, Verjus lui ayant mis dans la main de quoi payer et Potard lui ayant recommandé de s'acquitter rondement de la commission, il entra chez le susdit épicier pour y acheter un bidon d'essence, éprouvant même une certaine satisfaction d'avoir été jugé digne d'une commission aussi importante.

Il n'en eut pas plutôt pris livraison, l'ayant dûment payé, qu'il entendit dans son dos le commerçant braire comme un âne, l'accabler des épithètes les plus pénibles et hurler : « Arrêtez-le, arrêtez-le !... » En même temps, il exécutait en vitesse un mouvement tournant autour de son comptoir et se précipitait aux trousses de Jojo.

Celui-ci, instinctivement, comme il en va d'ordinaire, quand on se sent poursuivi, même si l'on ignore pourquoi, ne fit qu'un bond hors de la boutique. L'habitude de caracoler sur les landes, de grimper aux arbres, de sauter par-dessus les barrières avaient donné à ses mollets une élasticité de première classe.

Il se sauva vers l'auto, dans laquelle Potard, l'ayant saisi par la base de sa culotte, le précipita violemment.

Et il ne revint de son saisissement que quelques secondes plus tard, quand on était déjà loin et que l'épicier, gesticulant sur le seuil de sa porte, paraissait déjà moins gros qu'un moucheron se débattant dans une toile d'araignée.

Comme il demandait le pourquoi de de sybarites, s'étaient munis d'un vieux pot à moutarde, rempli de mayonnaise. Il en lécha le fond, ce qui ne fut pas très facile à cause de l'étroitesse du goulot. De plus, comme il lui restait du cambouis au bout du nez, le goût très peu comestible de ce produit se mêla à celui de la mayonnaise. Baste ! Quand on n'a mangé que des pommes de terre, de la bouillie de blé noir et du lard salé, aux fêtes carillonnées, on n'est pas difficile.

TANDIS QUE L'ÉPICIER HURLAIT, POTARD EMPOIGNAIT JOJO ET LE HISSAIT DANS L'AUTO.

cet incident, il lui fut répondu brièvement :

« Parce que, tout probable, ce type-là est un malappris auquel ta figure ne revenait pas. »

Il dut se contenter de cette explication sommaire. Au surplus, il ne tarda pas à oublier le bonhomme et ses vociférations. Il se livra tout entier aux joies de la locomotion extra-rapide, si nouvelles pour lui.

Vers la fin de la journée, ce fut avec une satisfaction non moindre qu'il vit Potard tirer d'un panier un homard magnifique. Verjus et lui n'en firent qu'une bouchée, mais ils daignèrent permettre à Jojo d'en sucer les pattes qu'il trouva superfines. D'autant mieux que ses patrons, ayant des goûts

Il faut ajouter qu'il eut également sa part, et une large part, d'une terrine de foie gras à laquelle Potard et Verjus ne firent pas autant d'honneur. Le homard dont ils avaient mangé immodérément leur pesait sur l'estomac.

Après eux, il vida le fond d'une bouteille de Saint-Émilion, à même le goulot.

« Il vida » est une façon de parler. Car on la lui retira des lèvres plus vite qu'il n'eût souhaité, en accompagnant le geste de cette réflexion :

« Mon petit, c'est assez comme ça. Tu n'y es pas habitué, tu serais malade. »

Mais, en revanche, on lui tendit une cigarette. Voilà qui est agréable et qui donne l'air d'un homme. Il la trouva détestable, mais la fuma quand même.

Cela eut des conséquences sur lesquelles il serait malséant d'insister.

En définitive, malgré cette légère
indisposition, qui du reste ne se pro-
longea pas, la nouvelle existence, vers
laquelle il roulait avec une vélocité sur-
naturelle, se présentait sous les couleurs
les plus séduisantes.

Ce fut bien autre chose, quand, sur
le coup de onze heures du soir, le ciel
peu à peu s'embrasa d'une lueur immense.

« Doit y avoir par là *une grande* incendie, fit-il.

— Espèce de cornichon, c'est Paris »
lui répondit Potard.

Paris ! Le mot magique ! Ses rêves ne
l'avaient donc pas trompé ! Paris !
Cela devait être encore plus beau qu'il
ne se l'était imaginé, encore plus brillant, puisqu'il en montait dans l'espace un reflet aussi splendide.

Bientôt, du sommet des collines,
apparurent au loin des milliers de feux
qui pointillaient la nuit....

« Oh ! des vers luisants ! » s'écria
Jojo.

Cette fois, ce fut Verjus qui intervint
par ces mots peu courtois et d'un goût
douteux :

« Silence !... ou l'on va te mettre une
muselière. Tu nous fatigues.... Est-ce
que tu te figures qu'on t'a emmené pour
que tu nous rases avec tes propos d'imbécile? T'as l'air idiot quand tu ne dis
rien ; mais, quand tu parles, y a d'quoi

rendre les gens malades. Tâche de te
taire, hein, c'est compris? »

L'enfant se le tint pour dit. Il
se contenta d'écarquiller les yeux en
silence, lorsque, la barrière franchie,
l'auto fila par de grandes avenues que

LE PETIT BRETON FUMA IMPRUDEMMENT
UNE CIGARETTE.

les kiosques parsemaient de clartés
bleues, violettes, orangées.

Ah non ! Il ne pensait plus à Kerbaradoz, ni à Corbino, ni à sa grand'-
mère.

Et l'auto s'arrêta devant un petit
hôtel de l'avenue Victor-Hugo.

L'AUTO ROUGE

Que devenait-elle, pendant ce temps-
là, la bonne Jaketa Penguidic,
abandonnée par son petit-fils
d'une manière si brusque?

Certes, au premier examen, vous
taxerez d'ingratitude cette conduite ;
mais tenez compte cependant qu'il
s'agissait d'un enfant, doué d'un raisonnement assez court et que tourmentait, d'autre part, l'envie irrésistible
d'une condition meilleure.

Il n'aurait pas eu tant de quiétude.
s'il avait pu voir la grand'mère, un
quart d'heure après son départ dans
l'auto.

Du seuil de sa porte, elle avait assisté
à toute la scène. Oui, elle avait aperçu
l'enfant causant avec des étrangers,
sans en prendre le moindre souci. Cela

arrive souvent qu'on échange quelques
paroles avec ceux qui passent. Elle en
avait tout bonnement conclu que Jojo
était un petit garçon bien complaisant,
qui aidait de son mieux des gens dans
l'embarras.

Mais quelle ne fut pas sa stupéfaction
quand elle constata qu'il prenait place
dans la voiture et qu'il s'en allait aussi.

D'abord, elle se dit que ces beaux
messieurs, pour le remercier de les avoir
secondés, lui offraient un tour de prome-
nade. Il allait revenir, tout à l'heure ;
ils le ramèneraient à l'endroit même de
la lande où ils l'avaient pris.

Hélas ! les minutes passèrent. Le sil-
lage de poussière se dissipa. L'auto ne
revenait pas !

Alors, affolée. Jaketa poussa la bar

rière de l'enclos et courut vers Corbino qui furetait là-bas, le long de la rigole, et dont l'unique silhouette se découpait sur l'horizon.

C'est tout essoufflée qu'elle rejoignit le cochon.

« Ah ! Corbino.... Corbino !... dit-elle dans son affolement, dis-moi que not' petiot va revenir.... »

LA GRAND'MÈRE AVAIT ASSISTÉ AVEC STUPÉ-FACTION A L'ENLÈVEMENT DE JOJO.

Naturellement, Corbino ne lui dit rien du tout, et, pour être véridique, il ne manifesta aucun trouble de la disparition de son gardien. C'est à peine si la voix connue le tira une seconde de sa maraude, et il décocha à la vieille femme un petit coup d'œil furtif qui signifiait : « Je m'en moque pas mal ! »

Il fallait toute l'épaisseur de son jugement pour qu'il ne fût pas ému par le désespoir de Jaketa. Elle levait les bras en l'air, en répétant comme une litanie :

« Jojo ! Jojo ! Où es-tu? Ils m'ont volé mon Jojo ! »

Elle demeurait debout au milieu de la route, accablée par le chagrin. C'était toute sa joie, toute sa tendresse, toute sa raison de vivre qui s'en allait avec le petit.

Son petit ! C'est le mot qu'elle ne cessait de répéter : mon petit, mon cher petit... mon pauvre petit !

Soudain, un appel de trompe retentit. Une nouvelle auto, une auto rouge, cette fois, surgit en pétaradant et frôla de si près l'infortunée qu'elle faillit la faucher. Puis, elle s'arrêta brusquement, avec un sourd grincement des pneus.

Deux hommes l'occupaient comme l'auto jaune. Ils sautèrent lestement sur le sol ; l'un d'eux s'approcha d'elle et lui dit, sans aménité, du ton dont on gronde un subalterne :

« Vous êtes donc sourde comme un pot, que vous ne vous rangez pas !

— Ah ! que non ! reprit-elle vivement, un peu vexée de l'algarade. J'entends clair comme vous, mais j'ai la tête perdue.

— Eh bien, tâchez de la retrouver pour me répondre. Vous n'auriez pas vu passer par ici une auto jaune? »

Cette interrogation la ramena à la réalité.

« Pour sûr que je l'ai vue, comme je vous vois.... C'est des brigands, des scélérats ! »

Celui auquel elle s'adressait se tourna vers son camarade et ils échangèrent un sourire. Comment fallait-il l'interpréter? Dans le sens de l'approbation ou de l'incrédulité? Bien malin qui l'eût deviné.

« Oui, continua la vieille, ces gueux-là, c'est des ravisseurs d'enfants. Il m'ont pris mon petit Jojo ! »

Cette fois, un étonnement profond se peignit sur les traits des nouveaux venus.

« Des voleurs d'enfants, comme vous y allez, opina le plus gros des deux, dénommé Lupin, porteur d'une barbe de poils roux et d'une paire de lunettes noires, alors que son compagnon, assez efflanqué et, lui, dénommé Michou, s'agrémentait d'une grosse moustache blonde et de favoris en pattes de lapin.

Et Lupin continua sur un ton goguenard : « Vous déménagez, la mère. C'est bon dans les romans. On n'enlève pas comme ça les poussins à leurs parents, au jour d'aujourd'hui ! »

Mais elle leur raconta ce qui s'était passé, avec un tel accent de sincérité, avec tant de larmes que le doute n'était pas possible.

Quand elle eut fini, une même exclamation s'échappa de leurs bouches :

« C'est épatant ! »

A la poursuite de Jojo. ⌀ ⌀ S'éloignant de Jaketa qui continuait à
geindre et à rabâcher des mots do-
lents, ils tinrent un conciliabule, dont
cette phrase, prononcée par Michou,
fut le résumé :

« Puisque c'est ton avis, Lupin, c'est
le mien aussi. La vieille femme a encore
l'air vigoureux ; on pourrait l'emmener
à Paris comme bonne à tout faire. Les
Bretonnes, c'est des fameuses servantes,
à ce qu'on prétend, et l'espèce s'en
fait rare. Tu me donnes carte blanche
pour arranger la chose? Ça te va ? »

— Ça me va.
— Parfait. »

Il revint auprès de Jaketa et, l'air
bonasse, tout mielleux :

« Y a-t-il longtemps que cette affaire-
là a eu lieu?
— P't'être bien trois quarts d'heure.
— Diable ! Ils sont loin à présent.
A moins qu'ils n'aient encore eu quel-
que avarie. On pourrait essayer....
Ça vous dirait-il qu'on vous emmène
à la poursuite des sacripants?
— Ah ! si vous faisiez ça, j'vous
embrasserais tous les deux de bon
cœur.
— Merci, mille fois, interrompit
Lupin. On n'en demande pas tant....
C'est histoire de vous rendre service.
— Sans doute, appuya Michou. L'en-

LUPIN ET MICHOU.

nuyeux, c'est que les oiseaux ont de
l'avance. Il y a bien des chances qu'ils

arrivent à Paris sans nous. Seulement
vous aurez plus de facilités pour les

JAKETA PENGUIDIC SEMBLAIT EMPORTÉE DANS
UN TOURBILLON.

pincer en y allant qu'en restant ici.
On vous y aidera.

— Vous êtes tout à fait d'arrange-
ment. Seulement une pauvresse comme
moi, n'a pas les moyens de vivre dans
la capitale, rapport que tout y est si
cher. »

Ces paroles de la grand'mère favo-
risaient les intentions des autres. Elle
leur tendait la perche :

« Ne vous préoccupez pas de ça. On
se chargera de votre dépense. Mais,
pardine, donnant, donnant. Savez-vous
faire la cuisine?
— J' l'ai su, dans mon jeune temps.
Vous avez p't'être entendu parler de
m'sieu Magadur, qu'était notaire à
Rosporden. J'y ai été placée, j'lui faisais des œufs dans la poêle, des daubes
de bœuf, des ragoûts de mouton....
— C'est superbe.
— J'y ai un peu perdu la main.
Vous savez, y a pas souvent du fricot
sur not' table, à cause....
— Pas la peine d'expliquer pourquoi. Nous sommes pressés. Voilà : si
ça vous convient, nous vous voiturons

jusqu'à Paris et nous vous engageons comme bonne. Soixante francs par mois et la nourriture... Ça va de soi. »

Jaketa, sans réfléchir une minute qu'elle laissait derrière elle sa maison, ses poules, ses légumes et Corbino, accepta d'enthousiasme, et on l'installa dans l'auto rouge, à la même place que Jojo dans l'auto jaune.

Et en avant !

Si la galopade échevelée le long des routes avait enchanté le petit-fils, elle produisit un effet diamétralement opposé à la grand'mère.

Quand on n'a voyagé — et encore bien rarement — que dans de lourds chars-à-bancs, traînés par des bidets pacifiques qui mettent deux heures à faire une lieue, ça vous fait un drôle d'effet d'être entraîné à fond de train et de passer tout à coup de l'état de champignon à celui de flèche d'arbalète.

Telle était l'impression de la grand'mère Jaketa engourdie.

Échouée sur les coussins, parmi malles et sacs de voyage, au milieu d'un pneu de rechange, qui, terriblement ballotté, décrivait autour de sa tête des rondes fantastiques, la pauvre ne cessait de glapir, en recommandant son âme à Dieu :

« Ça n'a pas de bon sens, on va chavirer ! »

Au passage des caniveaux, l'auto sursautait, secouant pêle-mêle la vieille et les bagages. Elle avait beau se cramponner au siège, vous eussiez dit, à la voir, d'une balle élastique bondissant et rebondissant !

« Au secours ! Pitié ! Ça se décroche en dedans de moi ! »

Vaines récriminations ! Les monstres s'amusaient follement de ses cris. Elle fût morte de peur, sans la pensée que cette course au clocher la rapprochait de son Jojo.

L'auto rouge qui emportait la grand'mère de Jojo dut bientôt ralentir sa course. Le réservoir de l'auto rouge se vidait et, les voitures étant de dimensions à peu près semblables, le phénomène se produisit en approchant de ce même bourg de Pont-Coadou, où Jojo avait essuyé l'inexplicable bordée d'injures du marchand d'essence.

Au lieu de s'arrêter en face de chez lui, comme Potard et Verjus, Lupin et Michou stationnèrent à l'extrémité de la place où se trouvait son magasin.

Grâce à cette circonstance, Jaketa Penguidic, qu'on envoya chercher un bidon, put pénétrer dans l'antre de ce terrible marchand, sans qu'il eût remarqué la présence de l'auto rouge.

« Bonjour à vous, messieurs et dames, fit-elle poliment en franchissant la porte. Si c'était un effet de votre complaisance, je voudrais un machin d'essence. »

Le mot « bidon » ne lui était pas familier et elle n'avait jamais pu s'en souvenir.

Ce fut la femme de l'épicier, occupé à casser du sucre, qui la servit. Puis elle ajouta, la bouche en cœur, selon l'usage : « Et avec ça, ma petite dame, il ne vous faut pas autre chose? Non? Ça sera pour une autre fois. »

Jaketa déposa sur le comptoir la somme qu'on lui avait confiée pour cet achat et s'en fut.

Heureusement qu'elle était déjà à une certaine distance quand des pas précipités résonnèrent dans son dos. Cette fois, l'épicier ne criait pas, mais les doigts crochus et la mine furibonde, il accourait à grandes enjambées, suivi de son épouse dans une attitude non moins hostile.

Il avait changé de tactique. Ayant reconnu, avec Jojo, que la violence avait mis le gibier sur ses gardes, il usait de la ruse et s'avançait en tapinois ; mais il était évident que des intentions non moins hostiles le poussaient.

Il allait abattre ses doigts sur les épaules de la bonne femme, blême de peur et croyant avoir affaire à un fou, puisque sa conscience ne lui reprochait rien, quand des bras vigoureux encerclèrent son corps, la soulevèrent comme un brin de paille et, par-dessus la capote, elle piqua une tête dans la voiture.

Puis, par le même chemin, Michou, le propriétaire des bras en question, tomba à ses côtés, comme s'il dégringolait du ciel, au milieu du fouillis des bagages.

Enfin l'auto s'étant ébranlée et ayant bondi droit devant elle, plus vite encore qu'auparavant, Jaketa Penguidic passa par la sensation que doit éprouver la salade qu'on secoue énergiquement dans un panier.

Il est superflu d'ajouter que, si nous ne démêlons pas les motifs de cette répétition des mauvais procédés de l'épicier, la vieille femme ne se les expliqua pas davantage.

La curiosité étant un sentiment qui persiste en nous, même dans les situations les plus critiques, bientôt un organe chevrotant sortit des malles et des sacs, et les mots montèrent timidement vers la banquette d'avant où Michou avait repris sa place :

« Qué qu'ça veut dire tout ça? Y a d'quoi affoler ! »

Le renseignement qui lui fut donné n'éclaircit pas plus l'obscurité de son esprit que la lumière ne s'était faite dans celui de Jojo quand on lui avait répondu :

« Ce type-là, c'est un malappris ! »

Michou et Lupin le traitèrent de saltimbanque. Ce fut toute la différence. Ils ajoutèrent :

« Vous feriez mieux de dormir que de nous ennuyer avec vos questions stupides. »

C'était bon à dire ; mais comment dormir quand un sac de voyage vous pèse sur le ventre et que le bout d'un parapluie se promène sur votre visage du sommet du crâne à la pointe du menton.

De plus, la course était marquée d'épisodes inquiétants. Il ne saurait en être autrement, quand on écrase tour à tour deux chats, trois chiens et une demi-douzaine d'oies, quand on prend les virages avec tant de désinvolture qu'on passe à saute-mouton par-dessus des tas de cailloux, qu'en traversant les villes on rase de si près les maisons qu'on éparpille les tables à la devanture d'un café, qu'on saccage les bottines à l'éventaire d'un marchand de chaussures, et que, plus loin, on accroche les draperies pendues à la façade d'un magasin de nouveautés !

En sorte qu'on tremble de tous ses membres, en entendant le concert de menaces que provoque une telle dévastation, lorsqu'on est une bonne femme candide qui ne ferait pas de mal à une mouche. Non, tout cela ne prédispose pas au sommeil paisible.

Un bien mauvais déjeuner. ◢◣ De même que les voyageurs de l'auto jaune avaient senti un gouffre se creuser dans leur estomac, ainsi ceux de l'auto rouge ne tardèrent pas à être avertis par des tiraillements significa-

tifs qu'il était temps de se mettre à table.

C'est une façon de parler. Il s'agissait simplement de recourir au panier de provisions et de manger quelque morceau sur ses genoux.

Si nous nous en rapportons à la composition du repas froid dont s'étaient munis Lupin et Michou, nous devons croire qu'ils étaient dans une

L'ÉPICIER ALLAIT SAISIR JAKETA PENGUIDIC
PAR L'ÉPAULE.

situation moins brillante que Potard et Verjus. Pas de homard, ni de foie gras, mais du pâté de lapin, un camembert et une bouteille de cidre bouché.

Le tout avait été placé au milieu des autres colis, dans un panier plat, de fibres tressées, dont on se sert pour expédier les fleurs.

Michou ayant remplacé Lupin à la direction, ce dernier se pencha vers la bonne femme, toujours dans le fond de l'auto, et l'invita à lui passer le panier.

Après l'avoir cherché quelque temps, elle finit par s'apercevoir qu'elle était assise dessus. L'ayant découvert, elle le déclara naïvement.

Cet aveu, dépouillé d'artifice, fut accueilli par un duo de jurons.

En effet, il n'était que trop facile de prévoir l'état dans lequel devaient être ces provisions sous la pression d'une personne aussi corpulente que la bonne maman Penguidic.

L'examen qui suivit l'ouverture du panier démontra que le camembert et le pâté de lapin s'étaient amalgamés d'une manière inextricable et que le résultat du mélange était une galette d'un aspect peu engageant.

Michou et Lupin se la partagèrent quand même, et leur mécontentement se manifesta par une double mesure :

Premièrement on n'en donna pas à Jaketa la moindre parcelle. Secondement, on lui rogna dix francs sur ses gages mensuels.

Elle n'en eut pas trop de déplaisir, parce que ce trimballage intempestif lui avait coupé l'appétit et qu'il lui restait dans une de ses poches deux oignons et un croûton de pain. Cela ne la changeait que fort peu de son ordinaire.

D'autre part, comme elle avait la conviction qu'à Paris elle retrouverait Jojo, elle ne s'alarmait pas trop à l'idée d'y rester un peu plus longtemps, s'il le fallait, pour gagner la somme nécessaire à leur retour en chemin de fer.

Voulant même prouver aux deux hommes qu'elle ne leur gardait pas rancune, pendant que, du bout des dents, ils apaisaient leur fringale, tant bien que mal et plutôt mal que bien, avec l'aliment bizarre dont ils étaient bien obligés de se contenter, elle eut la malen-

LE BOUCHON DE LA BOUTEILLE DE CIDRE
SAUTA AU NEZ DE JAKETA.

contreuse idée de déboucher la bouteille de cidre.

N'ayant point l'habitude de se servir de boissons capiteuses, elle s'y

prit mal et tout le liquide partit en mousse par le travers de son nez.

Détestable contre-temps pour des gens que la poussière avait terriblement altérés, au point qu'ils furent obligés de descendre et de se coucher, à plat ventre, dans l'herbe, pour boire l'eau d'une rigole.

Si vous aviez pu les entendre au cours de cette opération, plutôt déplaisante, vous auriez appris qu'ils tenaient leur nouvelle servante pour une idiote et qu'ils regrettaient presque de l'avoir engagée.

Cette opinion ne fit que s'accentuer quand vint l'obscurité. A toutes les autos qu'on dépassait, Jaketa ne s'imaginait-elle pas que c'était celle des ravisseurs de son Jojo?

Elle poussait des appels formidables, criant : « Le v'là.... Le v'là ! J'vous dis qu'c'est lui ! »

Et il en résultait des bourrades qui mettaient nos individus de méchante humeur. Ils n'étaient pas à prendre avec une paire de pinces, quand, au milieu de la nuit, ils débarquèrent à leur domicile, une maison assez modeste de la rue Camou, au quartier de l'École militaire, dont ils occupaient le cinquième.

Quant à nous, le vœu que nous formulons, c'est d'entrer un peu avant dans la connaissance des personnages de l'auto jaune et de l'auto rouge.

Qui sont-ils? Entre leurs tenues et leur vocabulaire trivial, d'un côté, et, de l'autre, leurs costumes et leurs voitures, fort confortables, en vérité, il y a une contradiction évidente. Que sont Potard, Verjus, Lupin et Michou, noms sans tournure aristocratique? Se connaissent-ils? Les informations sur le passage de l'auto jaune prises par ceux de l'auto rouge, auprès de Jaketa Penguidic, semblent tout au moins indiquer qu'il y a certains rapports entre eux. Tout ceci a besoin d'éclaircissements que l'avenir nous fournira sans doute.

Mais, sans conteste, le plus singulier des acteurs de l'histoire, c'est cet extravagant épicier de Pont-Coadou qui injurie ses clients et les menace de leur faire un mauvais parti. Il est désirable, au plus haut point, que nous ayons la clef de ce mystère.

Nous ne sommes pas au bout de nos surprises, ni Jojo non plus.

Nous l'avons laissé devant le petit hôtel de l'avenue Victor-Hugo, dont la porte s'ouvrit à deux battants, sur un coup de sifflet strident que lança Verjus.

L'auto pénétra sous la voûte, et l'enfant au passage, à la lueur d'un lampadaire porté par une statue de marbre, remarqua un grand gaillard dont l'habillement lui était inconnu. Il portait un costume oriental et, aussitôt qu'il eut aperçu Jojo, sa physionomie, de réjouie qu'elle était, devint tout à coup solennelle. Il leva les mains, les projeta en avant trois fois de suite, en exécutant des courbettes profondes et en psalmodiant, d'une voix caverneuse :

« Allah est grand et Mahomet est son prophète ! »

Jamais de sa vie, notre jeune Breton n'avait entendu dire bonjour de cette façon-là.

Il n'eut même point le temps de s'en étonner, car le grand gaillard, sur l'ordre de ces messieurs, le prit à bras-le-corps et le déposa sur la première marche du vestibule brillamment décoré, avec les autres colis.

Là, comme il écarquillait les yeux devant les objets somptueux et nouveaux pour lui qui l'entouraient, Lupin le poussa vers l'escalier, aux marches polies comme des glaces, recouvert de haut en bas d'un épais tapis rouge.

« Va te coucher, tu regarderas demain les bibelots. »

Jojo ne comprit que la première partie de la phrase et ne se fit pas prier pour monter l'escalier, oscillant un peu à chaque degré, tant il était fourbu.

Au second, on l'introduisit dans une chambrette, tapissée de papier crème à bouquets bleus et dont l'ameublement, en frêne verni, lui parut splendide.

Il y avait, sur une manière de table, une manière de cuvette et une manière de pot à l'eau, objets que notre jeune rustre n'avait jamais vus et dont il ignorait l'usage.

Sur la cheminée, un cadran comme celui de l'église, mais beaucoup moins gros et qui faisait tic-tac. Il colla son oreille contre le cadran, et ça l'amusa beaucoup d'entendre la petite bête qui chantait là-dedans, comme un grillon dans l'âtre de sa maison de là-bas.

Décidément, il était né sous une heureuse étoile. Ses rêves se réalisaient. Ce fut encore pour lui une sensation délicieuse quand il glissa entre des

UN GRAND GAILLARD BARBU SOULEVA JOJO.

draps blancs, beaucoup plus doux au toucher que la toile rugueuse sur laquelle il avait l'habitude de s'étendre.

Mais la fatigue ne tarda pas à le terrasser, et il s'endormit à poings fermés, les narines agréablement chatouillées par un parfum de pastilles du sérail dont la maison était remplie.

Son réveil, le lendemain matin, ne fut pas aussi agréable, ayant été provoqué, d'une façon quelque peu brutale, par l'homme de la porte au costume oriental. En effet, ce butor n'avait rien mieux trouvé, pour tirer l'enfant de son sommeil, que de lui pincer le nez et de le secouer précipitamment.

Ce qui provoqua cette exclamation de Jojo, en train sans doute de rêver à Kerbaradoz : « Veux-tu bien me lâcher, Corbino ! »

Heureusement que le domestique ignorait que Corbino fût un individu de race porcine. Autrement, la comparaison ne l'eût pas flatté.

JOJO VÊTU EN ORIENTAL.

« Ouste ! fit-il à l'enfant. Lève-toi et habille-toi... mais pas avec ta défroque de paysan... Endosse-moi ça. Tu vas être mignon comme tout, là-dedans, mon lapin ! »

Il lui tendit un justaucorps brodé et une veste agrémentée de passementeries, en velours cramoisi, des culottes bouffantes de soie verte, des bas assortis, des babouches en maroquin jaune et un fez rouge.

Jojo ne fit aucune difficulté pour revêtir la livrée seyante, que lui porta le domestique de Verjus et Potard ; toutefois, avant de l'endosser, il se lava, savonna, brossa, étrilla de telle sorte que ce fut un quart d'heure totalement dépourvu de charme.

La poussière du voyage avait laissé sur sa peau une crasse si dense qu'il fallait à coup sûr un nettoyage énergique pour la dissiper.

Quand Jojo eut fini ses frictions et qu'il se fut complaisamment miré dans une glace, il demanda à son compagnon:

— « C'est-y vos frères, ces messieurs Potard et Verjus?

— Tu n'es qu'un jobard. Je suis leur humble esclave et je n'appelle jamais chacun d'eux que Monseigneur. Je te conseille d'en faire autant. Quant à mon emploi dans ce palais, c'est moi que je suis le concierge. »

Ce fut dit avec tant d'importance que Jojo s'imagina que c'était une situation dans le genre de celle de général ou d'évêque.

« Et moi, qu'est-ce que je suis?

— Toi, tu es le groom.

— Eh bien, oui. Ces messieurs m'ont déjà parlé de ça. Mais je ne démêle pas ce que ça signifie.

— Tu n'es qu'un jobard, pour la seconde fois. Il sera nécessaire que je te débarbouille aussi l'intelligence. Un groom, c'est tout simplement un bourgeon de domestique, un valet de chambre en bouture.

— Ah ! parfaitement. Qu'est-ce que j'aurai à faire?

— Nos seigneurs et maîtres te le diront eux-mêmes. Je suis chargé de te conduire vers eux.... Viens. »

Ils descendirent à l'étage inférieur, où Jojo fut introduit dans un salon magnifique, tendu d'étoffes aux reflets chatoyants. Çà et là, des guéridons finement ouvragés, encombrés de coussins. Leurs arabesques éclatantes se mariaient harmonieusement aux fleurs des carpettes, si vives qu'on les eût dites naturelles.

Coiffés de turbans, drapés dans des robes en satin, sur lesquelles s'étalaient majestueusement des barbes longues et touffues, deux hommes étaient couchés sur l'un des divans.

En les apercevant, Jojo resta interloqué. Puis, comme quelqu'un qui s'est trompé de porte, il crut devoir s'excuser :

« Pardonnez-moi.... C'est pas à vous autres que j'ai affaire. »

Le concierge intervint aussitôt :

« Tu n'es qu'un jobard, pour la troisième fois. Alors tu ne reconnais pas tes bienfaiteurs, ingrat? »

Jojo les examina plus attentivement, puis s'écria tout à coup :

« C'est tout de même drôle ! On jugerait m'sieu Potard et m'sieu Verjus, déguisés en carnavals.

— Silence ! grogna le terrible portier en lui pinçant le bras. Tu manques de respect à tes augustes maîtres. »

Mais Verjus le calma :

« L'erreur du gamin est d'autant plus excusable qu'il est naturellement inepte et par suite incapable de voir clair dans un cas assez obscur, j'en conviens. Écoute-moi attentivement, jeune crétin, parce que c'est assez compliqué pour une tête de moineau comme la tienne.... D'abord, retiens bien ceci : Potard et Verjus sont morts. »

Cette entrée en matière ne pouvait qu'abasourdir un peu plus Jojo qui n'entendait pas le langage figuré. Ses sourcils remontèrent en un accent circonflexe, et il se pinça les lobes des oreilles pour s'assurer qu'il n'était pas lui-même trépassé. Car Verjus lui annonçait son décès avec une voix qu'il connaissait bien et qui, indubitablement, était la sienne. Sa stupéfaction, du reste, fut de courte durée.

« Cela veut dire, continua Verjus, que nous ne portons plus les mêmes noms. Nous les avions pris pour aller en Bretagne et garder l'incognito.

— Est-ce un cochon, comme Corbino ?

— Quel serin ! » rugit le concierge, tandis qu'un accès de gaieté formidable secouait les barbes de ces messieurs.

Jojo devient Ali. ◢ ◢ Après quoi, à voix basse, ils échangèrent cette réflexion : « Le chimpanzé n'est vraiment pas subtil ! Ça vaut mieux. On le dressera comme on voudra. »

Verjus reprit le dialogue avec Jojo :

« Oui, mon garçon, désormais tu m'appeleras Mohammed Fayoum Pacha, et monsieur que voilà, Ben Beni Souëf Effendi. Pour notre concierge, c'est Kadour Benamadouche. »

Jojo, en présence de cette énumération de noms baroques, se gratta le derrière de la tête.

« Ça ne sera pas commode de se fourrer tout ça dans la caboche.

— Tu le répéteras tous les matins en te levant, et tous les soirs, en te couchant, vingt fois de suite. Ça finira par y entrer. Quant à toi, désormais, tu n'es plus Jojo. C'est Ali, ton prénom.

— Pourquoi ?

— Parce que. Que cette raison te suffise. A ce propos, tu devras perdre l'habitude de réclamer des éclaircissements. Ici, on obéit sans discuter. Cependant, pour une fois, tu sauras que, si nous sommes habillés en Turcs, c'est parce que nous sommes les ambassadeurs à Paris de Sa Sérénissime Majesté le grand Sultan du Béloutchistan.... Salue ! »

Le concierge appuya fortement sur la nuque du nouvel Ali et le força à s'incliner jusqu'à terre, trois fois de suite, en marmottant : « Allah est grand, et Mahomet est son prophète. »

L'enfant pensait :

« S'il faut que j'exécute semblables courbettes chaque fois qu'on parle de ce sultan du Béloutchistan, ça ne sera pas drôle ! »

Verjus poursuivit son discours :

« Ne sois pas surpris que nous ayons de grandes barbes. Ça fait partie de notre uniforme. Pour voyager, ce n'était pas commode, et puis, en Bretagne, ni vu, ni connu... mais ici, c'est indispensable.

— Ah ! reprit Jojo.... Comment cela se fait-il qu'il vous soit poussé tant de poil au menton depuis hier soir ?

— Je te rappelle, Ali, que, neuf fois sur dix, tu n'auras d'autres réponses à tes questions que celle-ci : Parce que. Donc, parce que.... »

Le garçon dut s'en contenter, et il écouta Potard, que nous appellerons

JOJO DUT S'INCLINER TROIS FOIS.

désormais Ben Beni Souëf Effendi, lequel à son tour prit la parole.

« Mon garçon, tu ne sortiras jamais seul de l'hôtel. C'est la coutume au

Béloutchistan que les enfants soient toujours accompagnés. Ça t'évitera la peine de commettre des indiscrétions, et je te préviens que, si tu enfreignais nos ordres, c'est bien simple... on te couperait la tête !

— Aïe !... hurla Ali, qui crut sentir passer le froid d'une lame autour de son cou et dont les jarrets flageolèrent.

— Ne t'émotionne pas, mon petit. Je te préviens pour le cas où tu ne prendrais pas la défense au sérieux. Si, au contraire, tu es bien gentil, bien docile, ton existence ici sera un vrai paradis. Nous ne regarderons pas à te payer grassement.... Tiens, voilà toujours un acompte.... »

Il lui tendit un billet de cinquante francs. L'enfant n'en avait jamais tant vu, et le papier bleu lui chatouilla délicieusement le creux de la main. Mais cette pensée mélancolique traversa rapidement son front :

« A quoi ça me servira-t-il, si je ne peux pas sortir, moi qui avais tant envie de voir de près la Tour Eiffel ! »

Simultanément l'idée du couteau lui vint, et il frissonna, tout en écoutant la suite des recommandations :

« Notre concierge, qui est en même temps un excellent cuisinier, nous prépare des dîners délicats, car nous sommes gourmands. Tu mangeras nos restes.

« Enfin, comme tu n'es pas du tout le

LE CONCIERGE PASSA LE PLUMEAU SUR
LA FIGURE DE JOJO.

type asiatique et qu'il convient que tu l'aies, étant à notre service, on va immédiatement te transformer en un joli page du plus beau noir.... Kadour

Benamadouche, passe le jeune homme à la teinture ! »

Un nègre improvisé ! ⌀⌀ Le concierge tira de la poche de sa houppelande un flacon qui ressemblait assez à un pot de cirage, puis une brosse à dent qu'il imbiba de quelques gouttes du mélange.

Ayant fait asseoir le patient sur un tabouret, il barbouilla prestement ses cheveux, qui, de la couleur d'une carotte, en vinrent au bout de peu de temps à celle d'une aile de corbeau.

Mon Dieu, il serait exagéré de dire que Jojo-Ali en éprouva un grand dépit. Les enfants ne boudent pas aux déguisements. Il trouva même, en se considérant dans une glace, que cette tête noircie ne lui allait pas mal.

Mais il n'eut pas le temps de s'attarder à la contemplation de son physique. Kadour le tira par le bas de sa veste et, lui remettant un balai dans la main gauche, un plumeau dans la main droite, il l'emmena hors de la pièce :

« Allons, fainéant, à la besogne ! »

Ils parcoururent toutes les pièces de l'hôtel, et, dans chacune d'elles, il lui expliqua comment il devait s'y prendre pour le nettoyage.

Sur les consoles, sur les tables, des brûle-parfums, des figurines, des cassolettes, se mêlaient aux coffrets, aux vases, aux flambeaux, tous objets de formes rares et de matières précieuses.

« Tu tâcheras de ne rien casser, ou, gare à toi ! Faut frotter légèrement... comme ça..... »

Joignant l'exemple au précepte, il lui passa le plumeau sur la figure, ce qui chatouilla Ali au point de le faire éternuer.

Au fond d'un couloir, tout en haut, sous les combles, du côté opposé à la rue, ils s'arrêtèrent devant un guichet pratiqué dans le mur et fermé à l'aide d'un solide cadenas. A côté, une porte massive était barrée en dehors par d'énormes verrous.

Est-ce un fou? ⌀⌀ Ali en eut la chair de poule. Un instant il se demanda si on n'allait pas l'enfermer dans ce cachot.

Courte appréhension, car son guide lui dit mystérieusement, après avoir fait glisser le panneau du guichet dans sa rainure et jeté des regards rapides aux alentours, comme s'il eût craint que quelqu'un ne les épiât :

« Petit, hausse-toi sur la pointe des pieds, et regarde, à travers le trou.... »

Ali exécuta le mouvement :

« Qu'est-ce que tu vois?

— Rien du tout. C'est noir comme à minuit.

— Attends un peu. »

En effet, à ce moment, un jet de lumière électrique l'aveugla et, l'éblouissement passé, il aperçut, au milieu de la pièce, parmi un tas de mécaniques, un être hirsute qui lui faisait des grimaces. En même temps, dans un charabia inintelligible, le solitaire entrevu dans cette chambre lançait vers lui une avalanche de paroles.

Il eut peur et éloigna son visage du guichet.

« Tu es un fameux capon, grogna Kadour Benamadouche. Tu ne vois donc pas qu'il est enchaîné par la ceinture? Il ne peut donc pas te faire de mal. »

Maintenant des cris perçants, qui se fussent répercutés au loin si l'appartement n'avait pas été matelassé soigneusement, parvenaient jusqu'à leurs oreilles.

« Mon Dieu ! Cet homme-là... qui est-ce? demanda Ali effaré.

— C'est un fou.

— Comment qu'il s'appelle?

— X. Y. Z.

— Drôle de nom.

— Ça ne te regarde pas, ni moi non plus. Nos pachas ne le désignent jamais autrement. C'est un toqué, je te le répète. Il ne bouge jamais de sa chambre où il reste des heures entières dans le noir, quand il n'est pas d'humeur à travailler. Alors, je t'en donne mon billet, il n'y fait pas clair. Les volets sont pleins et solidement barricadés, dans la crainte qu'il ne se jette par la fenêtre.... Au contraire, quand monsieur est disposé à travailler, à l'aide de toutes les manivelles que tu as aperçues, il allume l'électricité, comme tout à l'heure.

— C'est malheureux d'être affligé à ce point-là.

— Il est bien mieux là qu'à se ballader dans les rues. Il pourrait étrangler quelqu'un. »

Puis, sans transition, il déclara à notre pauvre gamin qui tremblait de tous ses membres en l'écoutant :

« Je t'ai amené ici parce que c'est toi qui seras, dorénavant, chargé de son service.

— Ah ! mais non... je ne veux pas du tout !

— Qu'est-ce que tu dis?... Que tu le

« QUE VOIS-TU ? » DEMANDA KADOUR.

veuilles ou que tu ne le veuilles pas, c'est identiquement la même chose. Comment veux-tu que ce bonhomme-là te cause le moindre dommage, puisqu'il a un fil à la patte? Par-dessus le marché, le service dont je te parle consiste à ouvrir le guichet trois fois par jour et à poser sur la tablette la pitance du bonhomme.... Tu as bon cœur. Tu ne voudrais pas qu'il meure de faim. »

Cet argument, joint à l'assurance qu'il serait toujours hors d'atteinte, calma le jeune groom, et la journée s'écoula, ainsi que les suivantes, dans un calme absolu.

Vie paisible. ⌀ ⌀ Comme les pachas le lui avaient assuré, la table était bonne. Ce n'était pas désagréable, quand il se passait les mains sur la poitrine ou sur les hanches, de sentir la douceur soyeuse des beaux habits dont il était vêtu. Le travail n'était pas fatigant et, en dehors de l'astiquage journalier qui lui prenait seulement la matinée, il n'avait d'autres obligations que de présenter du feu à ses maîtres quand ils fumaient, chacun suivant ses préférences, c'est-à-dire Mohammed Fayoun Pacha de longues

pipes bourrées d'un tabac blond superfin, et Ben Beni Souëf Effendi, des cigares de choix à cinq francs la pièce.

En outre, il leur versait des liqueurs capiteuses dans des verres à bordeaux. Ils l'autorisaient à en lécher le fond, ayant l'habitude, en grands seigneurs, de n'en boire que la moitié.

Ils devaient être excessivement riches, car, journellement, Ali se montrant serviable et empressé, ils le comblaient des gratifications d'un taux inconnu à Kerbaradoz.

Mais précisément, Kerbarado, le village natal, occupait souvent ses songeries. Et la lande... Corbino... et sa grand'maman Penguidic, dont il ignorait, bien entendu, la présence si proche... à Paris même.

S'il avait pu seulement lui écrire quelques mots... oh ! pas bien long ! Ce n'est déjà pas commode quand le porte-plume vous pèse aux doigts comme un manche de bêche.

Mais il est en outre impossible de sortir pour porter une lettre, et la consigne formelle était de ne jamais communiquer avec quiconque en dehors de la maison. Le grand gaillard de concierge faisait assidûment le chien de garde.

Aussi, malgré les desserts succulents, le fond des verres de liqueur, la chambre coquette, le bon lit et les habits doux à palper, malgré les pourboires, les gages élevés, l'existence manquait de charmes dans cet hôtel qui en réalité lui servait de prison.

Une cage, si dorée qu'elle soit, est toujours une cage !

Il y avait des moments où Ali — disons Jojo pour la circonstance, puisqu'en ce moment c'est du petit Breton dépaysé qu'il s'agit, — oui, certaines heures sonnaient où il refoulait ses larmes.

Si simple qu'il fût, en outre, il ne parvenait pas à s'expliquer toutes les singularités dont il était témoin.

Ces gens qui s'étaient d'abord appelés Potard et Verjus et qui, maintenant, exigeaient qu'on leur rendît un tas de politesses sous des noms longs d'une aune, Mohammed Fayoum Pacha et Ben Beni Souëf Effendi, ces gens qui vous teignaient les cheveux en noir, auxquels il poussait en une nuit des barbes aussi longues que celle du Père Éternel sur les vitraux d'église, ces gens qui parlaient de vous couper la tête, en voilà d'étranges hommes !

Et le fou !... Le fou enchaîné, tantôt hurlant dans la lumière aveuglante, à travers le guichet, tantôt assoupi dans une ombre pesante de grenier !

Comment arriver à démêler la vérité dans tout ce mystère, quand on est un pauvre diable d'enfant rustique, sans grandes ressources de jugement?

Non, vraiment, il n'était pas heureux, le petit Jojo, sous la veste chamarrée d'Ali, et, seul, dans sa chambre, la couverture ramenée sur sa bouche, pour qu'on ne l'entendît point, il gémissait sourdement.

« Ah ! comme je suis puni, comme je suis puni d'avoir eu de l'ambition ! »

Si Jojo se sentait enveloppé d'une sorte de brouillard qui lui voilait la réalité des choses, que dire de la bonne-maman Penguidic? L'expérience de la vie nous rend méfiants envers autrui.

et quand on a passé soixante ans, on est plus enclin à dire devant certains faits singuliers : « Il y a du louche là-dessous ! »

Ce qui se passait autour d'elle la portait à répéter cette phrase sans cesse. Vous serez de son avis quand vous connaîtrez les événements qui suivirent son arrivée à Paris, dans l'appartement des voyageurs de l'auto rouge, rue Camou.

Nous savons que la maison devant laquelle elle s'était arrêtée n'avait pas l'apparence cossue de la maison de l'avenue Victor-Hugo. Il s'en fallait de beaucoup. C'était une vieille bâtisse toute lézardée dont l'enduit jaunâtre et sale se détachait par plaques.

Les persiennes n'avaient pas été repeintes depuis le règne de Louis-Philippe, et la pluie avait laissé sur ses murs des rigoles noires. A en juger par l'apparence, les loyers ne devaient pas être d'un prix élevé dans ce triste immeuble.

Dès qu'ils eurent mis pied à terre, Lupin et Michou enlevèrent les bagages qu'ils déposèrent sur le trottoir et Jaketa, débarrassée de ce voisinage encombrant, descendit à son tour.

Elle était tout engourdie. Des fourmis lui picotaient les mollets, et il lui restait, du secouement intensif auquel elle avait été soumise, une sorte de tic nerveux, une oscillation de la tête en balancier de pendule.

« Restez un instant à garder les colis, lui dirent ses maîtres, pendant que nous allons rentrer la voiture au garage de l'avenue Bosquet. »

Sous ce rapport, ils étaient moins favorisés que ceux du petit hôtel, dont la remise se trouvait à domicile.

Il était environ quatre heures du matin et les premières lueurs de l'aube traînaient dans le ciel. En juin, le soleil est matinal. Mais au lever du jour, quelle que soit la saison, il règne toujours une certaine fraîcheur, et Jaketa avait froid.

Un balayeur, qui venait de commencer son travail, en voyant cette paysanne piétinante et trépidante, lui dit d'un air narquois :

« Vous avez froid, ma bonne mère. C'est pas sain. Vous devriez vous payer un verre de vin chez le cabaretier. Y a rien de tel pour réchauffer le sang.

— J'aimerais mieux de la tisane de queues de cerises, répondit-elle. C'est ce qui me fait le plus de bien. »

Un rire sonore écarquilla la bouche du balayeur :

« Ça doit être rudement fade. Je vous conseille plutôt du sec, du brûlant. Ça fait du bien par où qu'ça passe. Vous pouvez pas rester comme ça à vous trémousser les articulations. »

UN BALAYEUR S'APPROCHA DE MAMAN PENGUIDIC.

Peu à peu, Jaketa se laissait tenter. Mais une objection capitale surgit :

« J'ai pas d'argent. »

Les pauvres ont bon cœur.

« Faut pas que ça vous inquiète, reprit le balayeur, c'est moi qui régale. Venez. »

Il l'attira sans façon par un pan de sa jupe. Au bout de quelques pas, une autre préoccupation la retint :

« Si des fois qu'on volerait les bagages de mes patrons.... J'ai entendu dire que Paris c'est plein de filous.

— Ayez pas peur. Le café est tout près. J'aurai l'œil. »

C'est certainement une très mauvaise habitude de prendre à jeun un verre de vin. Mais, exceptionnellement, quand on est transi et qu'on a besoin de se remonter, un cordial est tout indiqué.

Jaketa s'en trouva quelque peu re-

montée. Elle se répandit en remercî-
ments pour ce brave inconnu, dont la
sympathie lui avait fait du bien, et, dans
sa candeur, elle s'apprêtait à lui demander si, par hasard, il ne connaîtrait pas
son petit-fils Jojo, quand du dehors
l'organe un peu éraillé de Michou,
revenu du garage, coupa l'entretien.

« En voilà des manières ! Laisser nos
bagages dans la rue. Vous avez envie
qu'on vous donne vos huit jours. Voulez-vous bien sortir d'ici... et rondement ! »

Le balayeur crut devoir s'interposer :

« Vous fâchez pas, mon prince. C'est
moi qui suis fautif. La pauvre femme
est gelée. Je lui offre un verre pour la
ranimer. »

Sans lâcher Michou, qui accablait
Jaketa de remontrances, en l'entraînant, il ajouta :

« Votre bonne m'a dit que vous
demeurez au cintième. Vous pouvez
pas monter votre fourbi tous seuls, je
vais vous donner un coup d'main.

— C'est bon, c'est bon, personne ne
vous demande l'heure qu'il est. On
vous a assez vu. Allez donc faire votre
ouvrage. »

Ce disant, Michou roulait des yeux si
terribles que le balayeur n'insista pas.
Il bougonna, en s'éloignant :

« C'est du drôle de monde. Il a des
yeux qui ne reviennent pas, cet
oiseau-là. Surtout que le col de son par-
dessus est relevé jusqu'aux oreilles. On
jurerait qu'il ne tient pas à ce qu'on se
souvienne de lui. C'est pas naturel,... »

A la porte de la maison, Lupin, bou-
tonné aussi jusqu'aux pommettes, ju-
rait et pestait en tirant sur la sonnette :

« Quelle brute que notre concierge !
Nous n'allons pourtant pas coucher ici. »

Le carillon vibrait toujours dans le
silence, sans succès.

« Il dort comme une marmotte.
Ah ! l'animal ! »

Enfin la porte s'ouvrit brusquement.
Jaketa, qui s'était appuyée contre elle,
perdit l'équilibre et culbuta sur son
séant.

Son arrivée dans la capitale était
évidemment marquée par des incidents regrettables.

On la remit d'aplomb. On lui fourra
sur les bras le portemanteau, les cannes,
les parapluies, les deux valises. Lupin
prit une des malles sur son dos, Michou
en usa pareillement avec l'autre. Souf-

flant, pestant, maugréant, ils firent
l'ascension pénible de l'escalier. La
bonne femme parvint plus morte que
vive sur le palier de l'appartement.

Changement de visages. ⌖ ⌖ Malgré
tant d'émotions, elle ronflait un quart

LUPIN ET MICHOU MONTÈRENT LES MALLES
AU CINQUIÈME ÉTAGE.

d'heure après sur un mauvais grabat
dans un cabinet sans air, attenant à la
cuisine, qui sentait le renfermé et où
flottaient d'anciennes odeurs de grail-
lon. Ses ronflements étaient accompagnés par ceux de ses maîtres, tour à
tour en flûte ou en contrebasse. Exté-
nués, eux aussi, ils s'étaient jetés tout
habillés sur leurs lits.

A travers les persiennes closes, entraient des rayons de soleil, barrant de
lueurs des meubles assez défraîchis,
couverts de poussière.

Lupin et Michou n'étaient pas aussi
bien installés que Potard et Verjus.

Vers midi, Jaketa reprit la notion
d'elle-même, assez confusément d'abord,
se demandant où elle était et ne reconnaissant pas les objets habituels qui
l'entouraient à Kerbaradoz.

Quand elle se fut bien frotté les yeux,
qu'elle eut endossé sa robe et son cor-
sage et qu'elle eut plongé la tête dans

une bassine de fer-blanc, sous le robinet de la cuisine, ses idées s'éclaircirent et, incontinent, elle s'en fut trouver ses maîtres qu'on entendait causer dans la salle à manger.

Elle eut de la peine à les reconnaître !

Sous la mâchoire de l'un, plus de collier de poils roux, sur son nez plus de lunettes noires; sur la face de l'autre, plus de grosses moustaches blondes ni de favoris en pattes de lapin.

Vous avouerez que la destinée avait mis nos natifs de Bretagne en rapport avec des êtres exceptionnels, qui du jour au lendemain subissaient des modifications aussi radicales. Et vous admettrez sans peine la surprise de Jaketa, quand ces MM. Lupin et Michou lui apparurent glabres et chauves.

Cette surprise se manifesta par une secousse du haut en bas de sa personne qui n'échappa point à nos individus.

Lupin lui dit :

« Eh bien, quoi ! La belle affaire ! Nous nous sommes rasés. Y a pas de quoi vous trouver mal, surtout quand on vous expliquera pourquoi.

« Auparavant nous vous prévenons

LA BRETONNE POUSSA UNE EXCLAMATION DE SURPRISE.

que vos manières ne nous plaisent pas du tout. Qu'est-ce que ça signifie d'aller au cabaret, avec un pistolet que vous ne connaissez ni d'Ève ni d'Adam? On voit bien que vous n'êtes jamais sortie de votre campagne. Vous voulez donc vous faire assassiner ? »

La vieille frissonna :

« C'est-y Dieu possible ! gémit-elle.

— Mais oui, assassiner, je dis bien ! A Paris, il y a plein de rôdeurs toujours en quête de mauvais coups. Faudra voir à ne jamais causer avec personne. »

Jaketa courba la tête.

« Je croyais pas faire mal en acceptant une bolée. Je tombais de fatigue. Cet homme-là, y n'avait pas l'air méchant.

— Pas l'air.... Pas l'air !... Qu'est-ce que ça prouve ? C'était pour mieux cacher son jeu. Qu'est-ce que vous lui avez raconté ?

— J'ai pas eu le temps de lui causer. Quand vous êtes venus, j'allais lui demander s'il n'avait pas entendu parler de mon petit gars.

— Ça prouve que vous êtes une épaisse dinde. Comment voulez-vous qu'il en sache rien ? Si vous croyez que vous avancez vos affaires en les racontant à tout le monde, vous vous trompez. Vous éventerez la mèche, simplement. Les voleurs de votre Jojo, s'ils apprennent que vous courez après, ils le supprimeront, voilà tout.

— Oh ! mon doux Jésus !

— Non, taisez-vous, croyez-moi. Jamais de bavardages. Nous n'aimons pas qu'on sache ce qui se passe chez nous. Nous sommes des gens sérieux, tranquilles... des ecclésiastiques ! »

Jaketa, cette fois, eut une secousse bien plus forte que la première.

« Parfaitement. Des ecclésiastiques ! appuya Lupin, en scandant les syllabes. C'est pour ça que nous avons fait tomber notre barbe. Il ne nous est permis de la porter qu'en voyage ; aussitôt rentrés chez nous... le rasoir !

— Ah ! C'est donc ça, fit la vieille.

— C'est ça même. Défense absolue de révéler la chose à qui que ce soit. Ça ne regarde que nous, et vous ne seriez pas capable de comprendre pourquoi. En un mot, nous avons fait une tournée en Bretagne pour nous reposer du ministère.... C'est excessivement fatigant, le ministère ! Mais il vaut mieux qu'on l'ignore. Des ecclésiastiques n'ont pas le droit d'être lassés, et la secte américaine à laquelle nous appartenons est assez regardante sous le rapport des vacances. Car, ça vous a sans doute échappé, nous sommes citoyens de la libre Amérique. »

Jaketa convint sans peine qu'elle ne s'en serait jamais doutée, comme elle aurait pu convenir que tout ce verbiage l'étourdissait. Mais il était débité avec de telles intonations de rudesse qu'elle se sentait envahie de crainte vis-à-vis de ces personnages à l'aspect un peu sinistre, surtout depuis que l'absence de barbe leur donnait la tournure de forçats.

Michou, qui jusque-là n'avait rien dit, dressa son grand corps maigre, et la voix sombre, comme s'il eût un effet à préparer :

« J'ajoute aux observations de notre honorable confrère que nos principes sont inflexibles. Nous allons jusqu'à punir de mort quiconque ne les observe pas. »

En parlant, il abaissait sur Jaketa des regards foudroyants. Le but certain de ces hommes était de la terroriser, de l'avoir à leur merci. La contenance lamentable de la vieille femme signifiait bien qu'ils n'y réussissaient que trop.

Pourtant elle eut un mouvement de révolte, quand Lupin, intervenant de nouveau, lui dit à brûle-pourpoint.

« Vous allez vous habiller en homme :
— Jamais... jamais ! »

Et, d'instinct, elle se sauva.

Ils la poursuivirent. Ce fut une course épique à travers les pièces de la maison, en tournant autour des tables, en culbutant les chaises.

« Je veux pas.... Je veux pas !... » hurlait la vieille.

Lupin et Michou ne tardèrent pas à la rattraper et l'assirent de force dans un fauteuil, tandis qu'elle continuait à se débattre.

Toute résistance étant impossible, elle demeura hébétée, continuant son antienne :

« Jamais !... Jamais !... Je veux pas ! »

En face d'elle, les soi-disant ecclésiastiques exécutaient des passes cabalistiques, comme pour la magnétiser. Jaketa n'avait sans doute aucune disposition au magnétisme. Ils ne parvenaient pas à obtenir d'elle autre chose que l'éternel refrain :

« Je veux pas.... Je veux pas ! »

Ils cherchèrent à la raisonner, sans cesser de la terrifier par leurs menaces.

« Qu'est-ce que ça peut vous faire ? Quand on a une vieille figure de pomme cuite, comme la vôtre, on peut passer aussi bien pour un bonhomme que pour

une bonne femme. Et chez nous, c'est une règle formelle. Si vous refusez, vous serez sur le pavé, et vous mourrez de faim. »

La pauvre femme ferma les yeux et pendant les quelques instants que

LUPIN ET MICHOU POURSUIVAIENT LA VIEILLE JAKETA.

Lupin et Michou la tinrent sous leur poigne, elle revit par la pensée son petit-fils.

« Mon Dieu ! Mon Dieu ! se disait-elle en elle-même, pour retrouver Jojo, mon cher petit Jojo, que ne ferai-je pas ? »

Peut-être que si elle était douce et obéissante, les hommes, qui se disaient ministres de Dieu, l'aideraient à le retrouver dans ce grand Paris qu'elle ignorait complètement.

Mais l'idée de revêtir un costume d'homme, la suffoquait, la révoltait ; elle se voyait quittant ses vêtements, mettant un pantalon, une veste, une casquette. Ah ! alors elle se redressa en s'écriant de nouveau :

« Non ! non ! jamais. Je ne veux pas ! »

Malgré l'attitude menaçante de Lupin et Michou, Jaketa persistait dans son obstination, tellement la perspective de cette transformation lui paraissait la chose la plus horrible du monde.

« Jamais !... Je veux pas ! »

Alors Michou, le visage contracté, le front barré d'un pli de colère, articula violemment :

« Eh bien ! moi, je le veux ! »

Michou saisit les deux poignets de la pauvre Jaketa et, les serrant à craquer, les yeux dans les yeux, la voix rauque, il lui lança ces mots :

« Retenez bien ceci ! Vous ferez tout ce que nous vous commanderons de faire, notre cuisine, nos provisions, sans rapporter à âme qui vive, où et quand vous nous avez rencontrés, comment vous êtes entrée à notre service. Bien que votre cervelle soit aussi épaisse que du goudron dans un pot, j'espère que vous m'avez compris. D'ailleurs, ceci soit dit une fois pour toutes, nous sommes habitués à ne fréquenter que des gens intelligents. Tâchez donc d'élever votre esprit à la hauteur des circonstances. Quant à votre petit-fils, le Jojo, comme vous l'appelez, nous le chercherons plus tard, quand nous aurons le temps. Et vous allez immédiatement endosser les vêtements que voici. »

Puis, ricanant, après une pause :

— Si ça ne vous convient pas, mon ami ici présent a une autre proposition à vous soumettre.

Il fit signe à Lupin qui s'approcha de la vieille femme et, appuyant le canon d'un revolver sur sa tempe, lui dit froidement :

— Voilà.... Choisissez. »

La malheureuse faillit s'évanouir. Au contact de l'arme sur sa peau, toute son énergie l'abandonna :

« Je veux bien... » murmura-t-elle.

Ils la poussèrent dans son cabinet d'où elle ressortit, un instant après, affublée d'une redingote crasseuse, qui, dans sa jeunesse, avait été de nuance marron, d'un pantalon à peu près jaune et coiffée d'une casquette en toile cirée qui s'enfonçait jusqu'à la nuque.

Les boutons de la redingote, trop étroite, ne se joignirent que difficilement et le pantalon ne tombait qu'à mi-jambes.

Si vous l'aviez vue, malgré la pitié fatalement provoquée par son affreuse position, il vous eût été difficile de ne pas éclater de rire, tant elle était cocasse.

Ses bourreaux — ce n'est pas qualifier trop sévèrement ces êtres grossiers qui abusaient d'une vieille femme sans défense — ses bourreaux battirent des mains en s'esclaffant :

« Quelle touche ! »

Il est clair que cette façon de s'exprimer ne convenait nullement à des ecclésiastiques, et qu'elle dénotait chez les prétendus Américains une méconnaissance absolue du beau langage.

Quand ils eurent repris leur sérieux,

MICHOU MENAÇA JAKETA DE SON REVOLVER.

ils signifièrent à Jaketa qu'elle devrait les appeler l'un (Michou) le Révérend Jim et l'autre (Lupin) le Révérend Sam.

Ensuite, puisqu'elle avait eu la bêtise de se montrer chez un des marchands de vin du quartier sous des habits de femme et qu'il paraîtrait étrange qu'on la revît dans la livrée d'un domestique mâle, ils décidèrent de changer de quartier.

Pour les repas de ce jour-là, le Révérend Jim descendit chercher une flûte de pain et un litre de vin à vingt-cinq sous, tandis que le Révérend Sam, resté au logis, dénichait au fond d'un placard une vieille boîte de saumon qui sentait le moisi. Ils la mangèrent en accablant de reproches leur serviteur transformé qui, par son imprudence, les réduisait à une nourriture aussi médiocre.

Jaketa, elle, trouva dans une des poches de son tablier abandonné et qui pendait tristement à une patère un croûton de pain et deux oignons pareils à ceux qu'elle avait découverts, en cours de route, au fond d'une des poches de sa robe. Grâce à quoi, elle se nourrit vaille que vaille.

C'est rue d'Alésia, à Montrouge, que ces intéressants messieurs émigrèrent, le jour suivant.

Jaketa, en homme, y remplit avec résignation ses fonctions de serviteur, faisant la popotte, les courses, les savonnages. Elle évitait, tant ses craintes étaient vives, de fréquenter ou de causer avec qui que ce soit. Au point qu'elle passait, auprès des fournisseurs, pour être à peu près sourde et muette.

Un espoir la soutenait toujours dans cette épreuve désolante. Elle fouillait toutes les rues, toutes les places, tous les carrefours du voisinage, dans la pensée d'apercevoir un jour le petit fils chéri, son Jojo ! Ne connaissant que les environs immédiats de la maison, ignorant que Paris est immense et qu'un enfant y tient moins de place qu'un grain de blé sur l'aire d'une grange, elle s'imaginait que le visage bien-aimé surgirait, un jour, devant elle.

Mais elle n'osait plus rappeler à ses étranges maîtres qu'ils lui avaient promis de l'aider dans ses recherches. D'ailleurs, tout révérends qu'ils prétendissent être et si grande que fût la naïveté de son esprit, elle se répétait

JAKETA PENGUIDIC APPARUT REVÊTUE DE SON NOUVEAU COSTUME.

souvent à elle-même la phrase que nous savons ;

« Il y a du louche là-dessous ! »

L'AUTO VERTE

PEUT-ÊTRE le cochon Corbino avait-il le don d'observation, peut-être ne l'avait-il pas ? On ne saura jamais. Supposons qu'il l'eût. Alors ce qui s'était passé aux alentours de Kerbaradoz, où ses jours s'écoulaient dans une monotonie absolue, avait dû l'étonner prodigieusement.

Cette modeste localité ne se trouvait pas sur la grande route de Paris à Brest. Celle qui la desservait n'était qu'un chemin départemental, et les automobilistes ne circulaient pas en grand nombre dans ce coin perdu de la Bretagne.

C'est pourquoi le passage de la voiture jaune, d'abord, puis celui de la voiture rouge, constituaient des événements exceptionnels, susceptibles d'éveiller au plus haut point la curiosité de Corbino.

En outre, que son gardien, Jojo, fût monté dans l'une et sa propriétaire, la vieille Jaketa, dans l'autre, et qu'ils eussent disparu tous les deux, voilà sans doute matière à des réflexions innombrables, si, toutefois, répétons-le, sa pensée de quadrupède jeune et ignorant avait été capable de se replier sur elle-même.

Après le départ de la bonne-maman et du petit-fils, Corbino continua de secouer ses oreilles pour en chasser les mouches importunes, et de courailler avec désinvolture, de-ci, de-là, en poussant de petits grognements.

Comme il passait suivant sa fantaisie d'un côté de la route à l'autre, et qu'il s'arrêtait parfois au beau milieu, pour aspirer la brise, il faillit bien être mis en capilotade.

Car, avec la furia d'un train rapide, une auto verte, cette fois-ci, débaula sans crier gare et lui rasa de si près l'extrémité de la hure, qu'il en resta médusé. Mais cela ne dura que le temps de dresser les soies de son dos et, jouant des jambes, il piqua une course effrénée comme s'il eût le feu de vingt pétards aux trousses. Il disparut dans le lointain de la lande.

Nous pouvons donc constater qu'il

fut plus sensible au passage de cette troisième auto qu'il ne l'avait été à celui des deux autres, mais nous ignorons et nous ignorerons toujours si, quand il fut un peu remis de sa peur, il lui vint le raisonnement suivant : C'est tout de même singulier que dans un pays où l'on est quelquefois deux semaines sans voir une auto, il en passe trois, le même jour. Pour l'auto verte, ce ne fut que longtemps après, assez tard dans la soirée.

Si, au jugement de Corbino, la chose ne parut pas anormale, elle l'est selon moi, et selon vous aussi, j'en suis sûr. Si vous le voulez bien, écoutons ce que disent les voyageurs de l'auto verte. Peut-être en sortira-t-il quelque lumière.

Le fâcheux, c'est qu'ils ne font pas de longues phrases. Du reste, le vent de la course leur coupe la respiration, tellement le moteur donne son plein de vitesse.

Le mystère ne s'éclaircit pas ! ꝏ ꝏ Ils sont trois. Deux sur le siège d'avant, le troisième dans l'intérieur de la voiture, une soixante chevaux puissante, à l'avant très allongé, en proue de navire, pour mieux fendre l'espace. Il a le corps penché et les deux mains posées sur le dossier de la banquette

TROIS PERSONNAGES MASQUÉS SE TROUVAIENT.
DANS L'AUTO VERTE.

du conducteur, pour communiquer plus facilement avec l'un et l'autre compagnon, assis à ses côtés.

Leurs visages, dont des masques à lunettes couvrent la plus grande partie, demeurent pour nous inconnus. Sous leurs amples manteaux, on devine de grands gaillards râblés et la barbe qui frise sur leurs mentons, blonde ou brune, prouve qu'ils sont dans la force de l'âge.

En les écoutant, nous apprenons qu'ils se nomment Girard, Lévêque et Masson. Il y en a des milliers en France, et ce n'est pas cela qui nous renseignera sur leur personnalité.

Voici, saisies au vol, quelques bribes de leur entretien :

GIRARD. — Chien de métier !

MASSON. — Tu dis vrai.....

LÉVÊQUE. — Faut pas s'en faire.

GIRARD. — On en a vu d'autres. Sous Verdun, c'était encore moins drôle !

LÉVÊQUE. — Passe-moi la gourde, Masson, j'ai la langue sèche.

MASSON. — Il y a plus rien dedans.

LÉVÊQUE. — Bah !

GIRARD. — Faut pas s'en faire.... Tu viens de le dire.

LÉVÊQUE. — Eh ben, oui... seulement....

GIRARD. — Tu as soif, j'ai soif, ils ont soif !

MASSON. — J'ai même faim.

GIRARD. — Tu as faim... ils ont faim.

LÉVÊQUE. — Quelle heure est-il ?

MASSON. — Huit heures du soir... j'ai pas besoin de regarder ma montre... j'ai une pendule dans l'estomac.

GIRARD. — Si on avait su, on aurait emporté de quoi se restaurer.

LÉVÊQUE. — On pourrait peut-être descendre à la première auberge.

MASSON. — Oui, mais... et les rattraper !

GIRARD. — On les rattrapera pas... avec l'avance qu'ils ont sur nous.

LÉVÊQUE. — Ça ne fait rien. Leurs guimbardes sont fameuses. Au train dont on va et avec une machine comme la nôtre, ne pas les rejoindre, c'est fort !

MASSON. — Ça prouve que les leurs valent encore mieux.

GIRARD. — Tu l'as dit.

LÉVÊQUE. — Est-on sûr seulement que ce soient eux ?

MASSON. — C'est leur signalement, toujours.

LÉVÊQUE. — Oh ! les signalements

GIRARD. — Nez moyen... Visage ovale... bouche ordinaire....

MASSON. — Oui, on connaît ça.

LÉVÊQUE. — Et puis, ces gaillards-là, ça sait se camoufler.

GIRARD. — Aussi bien que nous.

MASSON. — Mieux.

LÉVÊQUE. — Vous savez, les amis, moi, je suis d'avis qu'on s'arrête un instant, à la première auberge qu'on rencontrera... C'est pas la peine de s'éreinter.... on ne les aura pas.

MASSON. — Bon.

GIRARD. — Adjugé.

LÉVÊQUE. — Où sommes-nous? Regarde la carte, Masson.

MASSON. — A un kilomètre de Pont-Coadou, 1 500 habitants, chef-lieu de canton, Postes et télégraphes....

LÉVÊQUE. — Ça m'est égal.... On y vend à boire... il n'y a que ça qui m'intéresse.

Les trois hommes se turent. Au bout d'une minute environ, apparurent les premières maisons du bourg que Masson avait annoncé et où, on s'en souvient, d'abord Potard et Verjus, puis Michou et Lupin s'étaient arrêtés, où Jojo et Jaketa avaient eu des démêlés inexplicables avec un épicier, marchand d'essence.

Ceux de l'automobile verte exécutèrent un virage savant. Elle vint doucement se poser au milieu de la place.

Mais Girard n'eut pas plutôt lâché le volant et les deux autres s'étaient à peine levés, s'étirant les bras, qu'une bordée de cris s'éleva aux quatre coins de la place et que, de toutes les maisons sortirent des gens armés de fourches, de triques et de balais, gesticulants, menaçants et clamant à pleine voix :

« C'est des coquins ! Arrêtez-les.... Arrêtez-les !...

— A qui en ont-ils? fit Lévêque. Ils sont malades. »

Il ne fut pas longtemps à s'apercevoir, ainsi que Girard et Masson, que c'était bien sur eux qu'on criait haro. L'attitude de la foule ne permettait aucun doute.

Un grand cercle de visages hostiles s'était formé autour d'eux, des poings étaient braqués, les injures pleuvaient. Il semblait que si les assaillants hésitaient à se ruer sur eux, c'est qu'ils considéraient les occupants de l'auto verte comme des malfaiteurs redoutables, décidés à se défendre, au besoin. Ils restaient hors de portée des revolvers dont ils les supposaient armés.

« Ils sont fous ! opina Lévêque. C'est inconcevable. Ça s'appelle être reçu comme des chiens dans un jeu de quilles.

— Attends... continua Masson, je vais

parlementer avec ces individus-là. Y a erreur, c'est clair comme le jour. »

Au moment où il s'apprêtait à descendre, une balle siffla à ses oreilles. Coup sur coup, une autre érafla la portière.

La situation devenait grave.

« Je crois que ça se gâte, déclara Girard, sans perdre son flegme. C'est inutile de discuter, ils auraient notre peau auparavant. Il n'y a qu'à filer. Baissez-vous. »

Joignant l'action à la parole, il mit en marche et, poussant crânement la lourde voiture vers la populace surprise, il s'ouvrit un passage.

Ce fut un brouhaha d'une seconde... des vociférations, des gesticulations, mais, instinctivement, le barrage s'était ouvert.... Au milieu des bousculades, l'auto s'enfuit à toute allure.

« En voilà des brutes ! ricana Masson. Y en a-t-il un de vous deux qui pourrait me renseigner sur les motifs de cette réception plutôt fraîche ? »

Girard et Lévêque haussèrent le front sur des prunelles arrondies, ce qui exprimait clairement qu'ils cherchaient en vain à y voir clair.

« C'est pire que de l'hébreu, » fit le dernier, et il ajouta son refrain habituel : « Faut pas s'en faire ! »

L'auto verte, cornant quand une carriole obstruait le passage devant eux, dans le crépuscule, filait entre les talus, comme un cyclone. Les trois occupants ne tarissaient pas sur les intentions des habitants de Pont-Coadou. Il était patent que les habitants de cette bourgade se montraient dépourvus de toute tendresse pour les automobilistes. Il n'y avait pas la moindre hésitation à cet égard. Qu'il fût jaune, rouge ou vert, qu'il y eût clameurs d'un épicier isolé ou de toute une population, c'était, au passage de chacun de ces véhicules, les mêmes démonstrations malveillantes, les mêmes vociférations, les mêmes poings tendus, la même levée de balais et de bâtons. Lévêque, Girard et Masson ne parvenaient pas à en démêler le mobile, en ce qui les concernait, pas plus que nous n'y parvenons, quand, tout à coup, ce dernier, qui surveillait le terrain devant eux, s'écria :

« Regardez donc tout là-bas... on dirait un attroupement. Qu'est-ce qu'ils peuvent bien fiche plantés comme des piquets.

— C'est des paysans qui causent, » reprit Lévêque, et Girard, ayant placé une de ses mains, en auvent, sur ses lunettes, le confirma : « Fais marcher la sirène, ils vont bien se déranger. »

Peueueu !... Peueueu !... Les beuglements rauques, troublèrent le silence, effarouchant les merles dans les noisetiers des talus. Mais les gens, plantés au milieu du chemin, ne parurent pas s'en émouvoir, ce qui arracha cette exclamation à Lévêque :

« Quel pays de sauvages ! On n'a jamais vu des imbéciles pareils. »

Puis, comme ils approchaient rapidement du groupe, dont les personnages grossissaient peu à peu :

« Mais... je n'ai pas la berlue. Ce sont des gendarmes ! »

Et Masson :

« Pas d'erreur.... Ça y est... même qu'ils nous font signe d'arrêter. »

Et Girard :

« Respect à l'autorité, d'autant plus que.... »

Il tendit le cou, comme pour mieux fouiller le paysage :

« Je ne me trompe pas : ils ont abattu un arbre qui est couché en travers de la route ; ça, c'est une invention du diable ! »

Les deux autres le confirmèrent. Ils filaient d'un vol si rapide qu'ils arrivèrent sur l'obstacle plus tôt qu'ils ne s'y attendaient.

Lévêque, en ce moment à la direction, fréna violemment ; il y mit toutes la force de ses poignets.

Et l'auto fit une embardée formidable. Un pneu éclata ; un instant après, au milieu d'un amas de ferrailles tordues, les trois hommes gisaient sans connaissance.

Les gendarmes, brigadier en tête, se précipitèrent. Celui-ci, un vieux à barbiche blanche, ému malgré lui devant cette catastrophe, entremêlait jurons et jérémiades.

« En voilà du beau travail ! Tonnerre de sort ! Ça fait quand même pitié de voir des choses comme ça, nonobstant toutefois et quantes, qu'on n'ait pas affaire à la crème de l'espèce. »

Il se pencha successivement sur les victimes, couvertes de sang, dont les membres, sous les vêtements hachés, avaient des convulsions. Des plaintes sourdes sortaient de leurs bouches crispées.

« C'est un miracle qu'ils ne soient pas morts du coup. Nous sommes frais avec ces bonshommes-là sur les bras, fit-il en s'adressant à un de ses subordonnés.... Allez vite réquisitionner une voiture et de la paille. On va les transporter à l'hôpital de Pont-Coadou. C'est le plus pressé. »

Pendant que le gendarme s'éloignait en courant pour faire la commission, il fouilla dans les poches des voyageurs, toujours geignant, toujours évanouis, et il examina leurs papiers.

Quand il les eut parcourus attentivement, il faut croire que cet examen fut de nature à le troubler :

« Diable ! Si on avait donc su :... C'est du joli ! »

Son képi, les touffes de poil qui ombrageaient ses yeux, son nez en bec de corbin, ses moustaches en brosse et sa barbiche se soulevèrent et s'abaissèrent rapidement, et ses mains tremblaient comme des feuilles secouées par le vent d'automne.

« Diable de diable de tous les diables ! »

La mimique et les interjections se prolongèrent tant, que les non-gradés, en train de tamponner avec l'eau fraîche d'un ruisseau les visages des blessés, s'interrompirent de leurs occupations.

« Quoi qu'il y a, brigadier, » dit l'un d'eux, un petit aux joues en pommes et qui ressemblait à un soldat de bois.

« Il y a .... Il y a, Bouteloup.... »

Mais, comme s'il avait peur de donner une réponse à la légère, il parcourut de nouveau les papiers, et, après un long silence, il finit par répliquer :

« Il y a.... Il y a qu'il n'y a rien. Ça ne vous regarde pas. »

Enfin, comme pour s'encourager au mutisme, il ronchonna entre ses dents :

« Après tout, c'est peut-être pas à eux ces machins-là. Ça serait pas la première fois. »

Le petit gendarme dodu n'insista pas et se remit à frictionner Lévêque, tandis que ses camarades cherchaient à ranimer Girard et Masson.

Quand celui qu'on avait envoyé quérir une voiture revint escorté d'un paysan, conduisant au grand trot une charrette à foin, en poussant des hue et des dia retentissants, les voyageurs de l'auto n'avaient pas repris leurs sens.

Mais ils n'étaient pas morts, et quand on les déposa dans la voiture, il fut facile de s'en rendre compte aux gémissements qu'ils poussèrent.

On partit vers Pont-Coadou. Deux gendarmes marchaient en tête, deux en queue, et à l'extrême arrière-garde le brigadier s'avançait, tripotant toujours les livrets, les feuilles couvertes de paraphes et de cachets, trouvés sur les trois inconnus.

Sa face se trémoussait de plus belle.

« Trente-six diables de trente-six diables ! »

Les nouvelles à sensation vont vite et l'on connaissait déjà au chef-lieu de canton le terrible accident.

Aux environs du bureau d'octroi, des curieux stationnaient en grand nombre, échangeant des plaisanteries sur le compte des pauvres écrabouillés et se félicitant du malheur, sans vergogne :

« Ils n'ont que ce qu'ils méritent, les coquins ! Espérons que s'ils ne sont pas déjà morts, ils en mourront ! C'est pain bénit. Il y a une justice ! »

Quand le cortège apparut, on savait déjà qu'ils n'avaient pas succombé. Des gamins accourus au-devant de la charrette, en étaient revenus au grand trot, importants et haletants, pour le plaisir d'être les premiers à informer leurs concitoyens.

Les gendarmes durent écarter le

flot des commères qui les envahissait, alors que les enfants cherchaient à escalader les brancards et que des cris menaçants partaient de tous côtés.

« A mort !.. A mort !... »

Le brigadier eut peur d'être débordé. Sa barbiche tressaillit et, se haussant sur la pointe des pieds pour dominer les têtes, il essaya de la conciliation :

« Allons, messieurs dames, soyez raisonnables. Ils ne sont plus nuisibles à cette heure. Nous autres, on fait notre devoir. Laissez-nous passer. »

Ce fut dit d'un ton bonhomme qui calma un peu l'exaltation. Pourtant des cris montaient encore de la foule. Le ton en était moins acerbe et les imprécations baissaient d'un degré.

« Au bagne ! Au bagne ! »

Le calme revint complètement sur cette nouvelle observation du brigadier :

« Moi, je m'en rapporte à la justice. Les coupables seront punis, à moins... à moins que.... »

Il paraissait très embarrassé pour finir sa phrase. Pourtant, il ne put se tenir de lâcher toute sa pensée :

« A moins qu'ils ne le soient pas ! »

Ce qui lui valut une bordée de reproches de la part de l'épicier que nous connaissons.

Les rumeurs qui emplissaient le

bourg l'avaient attiré hors de ses sacs et de ses barils de morue. Il était venu, écumant de colère, se poster au premier rang des spectateurs, et ses bras tournoyaient encore, comme des ailes de

moulin à vent, quand l'apaisement semblait général.

« Comment, brigadier, pas coupables, pas coupables ! C'est pas à moi qu'il faut dire cela. Je suis payé pour savoir la vérité. C'est la même bande, que je vous dis. Il n'y a aucun doute ! »

Puis, inquiet de son audace vis-à-vis d'un représentant de l'autorité, il s'éclipsa. Quand la charrette parvint à la porte de l'hôpital, il n'y avait plus qu'une demi-douzaine de polissons, ayant doublé les enjambées pour se mettre au pas des gendarmes.

Les bonnes sœurs de l'hôpital accueillirent les clients qu'on leur amenait avec toutes sortes de doléances. Elles les couchèrent, pleines de précautions, et le docteur, mandé en toute hâte, vint les palper d'un air entendu.

Masson avait ouvert un œil, Girard se grattait le front d'un air hébété et Lévêque, poursuivant son idée fixe.

geignait : « J'ai une soif, une soif !

« Donnez-leur à boire du lait coupé d'eau, » dit le docteur, et il rédigea son ordonnance.

« Alors, demanda le brigadier, les mains sur la couture du pantalon, qu'est-ce que vous en pensez?

— Je pense qu'ils ont des fractures un peu partout, des trous dans la peau et des muscles déchirés.

— C'est-y grave?

— Mon Dieu, je serais à leur place que j'aimerais autant ne pas avoir reçu une tape pareille. Mais ce sont des hommes solides. Je crois qu'ils s'en tireront.

— Tant mieux, » reprit à mi-voix le brigadier.

Le docteur le regarda, surpris de cette sympathie du vieux défenseur de l'ordre pour des gens qui, s'il s'en rapportait à la rumeur publique, n'étaient que de vulgaires criminels.

Mais le brigadier le prit par le bras, et lui parlant à l'oreille :

« Voulez-vous, s'il vous plaît, monsieur le docteur, m'accompagner un instant dans le cabinet de l'économe? »

Le praticien acquiesça et ils s'y enfermèrent.

Nous ne saurons donc point quel tour prit l'entretien, et c'est vraiment dommage.

En effet, s'il règne dans notre esprit un mystère sur l'identité des messieurs de l'auto jaune et de l'auto rouge, notre opinion au sujet de ceux de l'auto verte est loin d'être fixée.

Ils ont un point commun entre eux, c'est une désinvolture de langage qui ne sent pas son grand seigneur et qu'on est surpris de constater chez des gens voyageant suivant un mode aussi coûteux. Si les faits et gestes des premiers, d'allure propre à nous intriguer, ont éveillé nos soupçons, que dire des derniers que toute la population de Pont-Coadou voulait envoyer à l'échafaud et que les agents de la force publique ont sommés de s'arrêter.

Formulons encore et toujours le même vœu : Puisse l'avenir nous apporter la lumière !

<h2 style="text-align:center">JOJO N'EST PAS HEUREUX</h2>

En époussetant les meubles du salon de l'hôtel de l'avenue Victor-Hugo, Jojo chantait.

Il entonnait, à pleine voix, le refrain d'une ronde enfantine, au rythme de laquelle, naguère, sa grand'mère Jaketa

Penguidic le faisait danser sur ses genoux.

C'hu ! C'hu ! Digotin,
Digotin !

Il revoyait la figure souriante de la bonne femme, et les souvenirs de Kerbaradoz affluaient dans sa mémoire.

Combien de regrets s'y mêlaient ! Quelle folie d'avoir suivi ces passants, d'avoir cru qu'à Paris on savourait, au fil des heures, des joies féeriques, sans cesse renouvelées !

Il était loin de compte.

Certes, nous l'avons dit plus haut, le logis qu'il habitait ne manquait point du confort le plus raffiné, et, tout simple groom qu'il fût, il en profitait pour sa part.

Jamais auparavant, il n'avait connu la félicité d'un matelas bien rembourré sur un sommier élastique. Il ignorait totalement le goût du pigeon aux petits pois, des artichauts à la barigoule, des fondants au caramel, de la glace panachée, fraise et pistache.

Or, ses maîtres ne se refusaient aucune délicatesse et les plats étaient si copieux qu'il en restait toujours abondamment pour l'office.

Quelle différence entre son linge et son habillement actuels avec les lourds bragoubras (culottes) et le chupen étroit (gilet) de jadis. Son chapeau de feutre roussi par le soleil, lavé par les ondées, pesait autrement sur son crâne que ce fez à long pompon bleu, brillant comme un coquelicot.

Enfin, c'était une sensation particulièrement agréable, de sentir, en tâtant sa poche, un portefeuille bien garni et qui se gonflait tous les mois. Sous ce rapport on ne lésinait point à l'hôtel de l'avenue Victor-Hugo.

Mais, il eût donné tout cela pour quelques heures de liberté, pour sortir par la ville, voir d'autres visages que ceux de ses geôliers. La consigne était formelle et le concierge Benamadouche y veillait despotiquement. Défense de mettre le nez dehors !

Ce n'était donc point pour épancher son allégresse qu'il chantait, mais pour épancher son ennui.

Il éprouva soudain dans le dos une cuisson très vive, si vive qu'il lâcha du coup son plumeau.

Quelqu'un venait de le pincer fortement :

« Oh ! là ! Oh! la là ! » cria-t-il, et, se retournant, il se trouva face à face avec la longue barbe acajou de Ben Beni Souëf Effendi.

En même temps ce diplomatique

LE DOCTEUR REGARDA LE BRIGADIER AVEC ÉTONNEMENT.

personnage lui disait d'une voix sombre de contrebasse :

« *Marmaillouri lac tripotek bob souk mama jaspinar ruz tromp mouf el deri deri emmi méchoubal !* »

Mais Jojo, pleurnichant, ne fit pas attention à ce langage baroque.

« Vous m'avez-t'y fait mal, monseigneur ! »

Monseigneur, impassible, l'index en l'air, répéta :

« *Mouf el deri deri emmi méchoubal !*

— Je comprends pas... oh ! la, là !....

— Ça ne m'étonne pas. C'est du béloutchistanien ; un proverbe de mon pays qui signifie, en français : *Un enfant ne doit jamais parler plus haut que le grillon dans l'herbe !*

— Quel sale pays ! ne put s'empêcher de murmurer Ali-Jojo.

— Tu dis?

— Que je suis votre très obéissant esclave, monseigneur.

— Ce n'est pas vrai. On t'a défendu cinquante fois de hausser le ton, et tu chantes comme un palefrenier.

— Pardon, monseigneur.

— Je t'avais prévenu que, si tu récidivais, tu serais puni. Tu vas l'être. »

Ali-Jojo fortement troublé, mit un doigt dans son nez, pour se donner une contenance.

« C'est encore une habitude répréhensible que tu as là, dit Ben Beni Souëf. Ça va te valoir une petite rallonge au châtiment. »

Qu'allait-on lui faire? L'enfant essaya de fléchir le Pacha.

« Je ne le ferai plus jamais.

— On connaît ça ; tu mérites d'être corrigé. Apprête-toi. »

Il appela Kadour Benamadouche, qui ne tarda pas à paraître, en courbant l'échine, un mauvais sourire au coin des lèvres; la présence de ce vilain homme ne dit rien qui vaille à Ali, et cet ordre que donna l'ambassadeur le confirma dans ses appréhensions :

« Les grandes eaux de Versailles pour le jeune homme, et lâchez tous les robinets, s'il vous plaît ! »

Il ne comprit que trop ce dont il s'agissait. Aussi, il gigotta désespérément, quand le concierge le saisit par la taille, l'enleva comme une plume et le conduisit de force dans la salle de bains, où, après ne lui avoir laissé que son caleçon, il dirigea sur lui, d'une lance d'arrosage, de cinglants jets d'eau glacée.

L'enfant ne pouvait supporter cette opération, d'autant plus qu'il n'y avait pas été habitué, l'hydrothérapie étant inconnue à Kerbaradoz. Il y en avait même par là-bas qui prétendaient fièrement que jamais une goutte d'eau ne leur avait coulé sur le corps.

De pareilles avanies, en plus de la servitude à laquelle Jojo était réduit, le dégoûtaient absolument du service des pachas. Il était convaincu que le châtelain de son pays devait être moins exigeant avec ses domestiques.

D'autres sujets de rancœur venaient encore s'y ajouter.

D'abord il avait une peur bleue du bizarre pensionnaire, enfermé sous les combles, dans la chambre cadenassée et capitonnée. Sans doute, il était enchaîné, et c'est tout juste si sa main atteignait la tablette sur laquelle on posait ses aliments. Ce guichet, d'ailleurs, était beaucoup trop étroit pour qu'il pût s'échapper par là.

Mais, la plupart du temps, il braquait sur lui des yeux ardents comme des charbons au fond d'un âtre noir, et il tendait vers lui des doigts crochus, pareils à des serres d'émouchet qui va fondre sur une proie. Puis quels ululements dans une langue étrange dont il ne parvenait pas à saisir une syllabe ! Quel caquetage incompréhensible de perroquet en colère.

Quelquefois, Mohammed Fayoum Pacha et Ben Beni Souëf Effendi pénétraient dans ce mystérieux appartement. En collant son oreille à la cloison, Ali percevait des supplications, puis des cris de colère et des résonances de coups et des plaintes. Il devait se passer là-dedans des choses effroyables.

Alors, il s'enfuyait, épouvanté !

Quand la curiosité l'emportait sur ses terreurs et qu'il interrogeait Kadour Benamadouche, espérant en tirer quelques éclaircissements sur ces faits extraordinaires, le concierge, après l'avoir gratifié de quelques chiquenaudes, se bornait à lui dire :

« Touches-tu régulièrement ton mois? As-tu l'estomac rempli de nourritures superfines? Es-tu richement habillé? Oui, n'est-ce pas ? Alors, tu n'as rien à demander de plus. Fais-moi le plaisir de mettre au cran d'arrêt ta manivelle à questions ! »

Quelquefois même, il ajoutait : « Pour te calmer l'imagination, je vais te charger de quelques travaux supplémentaires. »

LE CONCIERGE LANÇA SUR JOJO DES JETS CINGLANTS D'EAU GLACÉE.

C'est pourquoi, bon gré, mal gré, Ali devait s'attacher aux semelles des brosses à cirer et frotter les parquets ; ou grimper sur des marchepieds pour passer la tête de loup dans les encoignures des plafonds ; ou astiquer les casseroles, fourbir le fourneau et cirer d'affilée les deux douzaines de chaussures de messieurs les ambassadeurs du sultan du Béloutchistan. Comme ils avaient tous les deux des pieds longs d'environ quarante centimètres et larges à l'avenant, il en suait à grosses gouttes !

Ah ! comme il eût abandonné tous les avantages dont il jouissait pour s'enfuir !

S'il avait eu seulement la distraction de regarder les gens passer dans la rue ! Mais les persiennes étaient closes la plupart du temps, soi-disant contre le soleil, et s'il se risquait à les entr'ouvrir, quand il ne se croyait pas surveillé... patatras ! quelle fatalité ! Kadour surgissait tout à coup dans son dos, le tirait par les pieds, et mon Ali s'allongeait rudement sur le parquet.

Tout ce qu'il avait le loisir d'apercevoir du reste de l'humanité, en dehors des habitants de l'hôtel, c'était le bas des jambes des promeneurs, par le soupirail de la cave, quand on l'envoyait remplir le seau à charbon.

A toutes ces contrariétés s'ajoutait le remords d'avoir si brusquement quitté sa grand'mère. Devait-elle s'en faire du mauvais sang de ne pas savoir où s'en était allé son petit gars ! Bien sûr qu'elle pleurait le soir, en mangeant sa soupe, toute seule, assise sur le banc de la porte, devant les choux de l'enclos.

La soupe aux choux ! Y avait-il longtemps qu'il n'en goûtait plus ! Ah ! tenez, toutes ces friandises, toutes ces sucreries et confitures, il les aurait données volontiers pour un morceau de lard salé sur un croûton de pain bis !

S'il avait pu seulement expédier de ses nouvelles à la chère bonne femme, lui envoyer un petit mot d'écrit ; mais comment la jeter à la boîte, cette lettre, puisqu'on lui interdisait de franchir la porte de l'hôtel ?

Il avait toujours présente la menace terrible de Ben Beni Souël Effendi : « Si tu enfreignais nos ordres, c'est bien simple, on te couperait la tête ! » Cette effroyable perspective lui glaçait la moelle des os.

En outre, il fallait d'abord tracer des lignes sur du papier, aligner des phrases.. Entreprise ardue pour un garçon d'un savoir si rudimentaire. Dans les premiers temps de son séjour, il s'était risqué à

prier Benamadouche de lui rendre ce service. Il frémissait encore en songeant aux regards farouches du concierge en époustant.

Le plus clair, c'est qu'à la suite de

JOJO ÉPOUSSETAIT TOUS LES MURS

cette requête, il avait dû, par punition, une heure durant, brosser et rebrosser l'évier, à l'eau de Javel. Sa peau, autour des ongles, en était encore toute pélée.

Cependant, il ruminait sans cesse son idée. Il se creusait la tête pour découvrir le moyen d'aviser la vieille grand'mère qu'il ne lui était pas arrivé malheur, et qu'il était en service à Paris, chez de riches bourgeois. Quant à lui dire le nom de l'avenue qu'ils habitaient, il l'ignorait. Au moins, elle eût été rassurée sur son compte.

A force d'application, en tirant le bout de la langue et en guidant sa main droite avec sa main gauche, il était parvenu péniblement à confectionner ce billet :

« Ma chère grand maire Jaketa,

« Ne vou faite pa d'la bile. Vautre peti garson Jojo, qui vou aicri lui maime,

en person, a seul fain de vou marqué
qu'il se porte bien, rappor qu'il est bien
portan, vou envoi des bonnes baisées en
vous embrassan respect aisément.

« JOJO DIBIDOUB, DE KERBARADOS. »

Une autre difficulté, c'est qu'il n'é-
tait pas bien fixé sur le département où

se trouvait son village natal. Ma foi,
en mettant sur l'enveloppe « Du côté
de Brest, en Bretagne », il pensa qu'elle
parviendrait tout de même à destination.

Encore une fois, comment la porter
à la poste?

Il crut en avoir trouvé le moyen.

Leurs Excellences les ambassadeurs
du Béloutchistan avaient un chat
angora nommé Bagdad.

Bagdad témoignait une vive sym
pathie à Ali-Jojo, lequel, à défaut
d'humains à qui confier ses peines, souvent épanchait son cœur, en enfonçant
son front dans la fourrure soyeuse de la
bête. Pendant qu'il parlait, le chat
ronronnait, piétinait, rentrait ses griffes.
Qui sait? Peut-être le comprenait-il et
était-ce là sa manière de lui répondre.

Or, un jour qu'il le caressait, cette
pensée lui vint de s'en servir en guise de
commissionnaire. Il lui dit donc,
comme à une personne raisonnable :

« Toi, Bagdad, t'as de la veine.... Tu
te promènes où que ça te fait plaisir de
te promener. Tu passes par-dessus le
mur du jardin. On ne t'a pas menacé

de te couper la tête ! Tu es libre de
faire un tour dans la rue, si ça te convient. J'ai remarqué que, tous les matins, vers les dix heures, tu t'en vas
rôder le long des maisons de l'avenue,
histoire de faire un bout de causette avec
les autres chats du quartier. Eh bien,
voilà le plan que j'ai mijoté. Je vais
t'attacher ma lettre sous le ventre avec
un cordon. J'ai écrit dessus: *Prière à
la complésance de la per sone qui trouvra
ce mo de billé de le maître à la poste
pour ma gran maire....* Je crois que c'est
pas mal combiné. Il est dix heures moins
cinq. Je vais ficeler l'enveloppe et toi,
tu vas aller te promener. »

Naïf Jojo ! Il y avait bien des
chances pour que sa combinaison
n'aboutît point.

Bagdad pouvait perdre la lettre en
route. Si, au contraire, elle tombait
entre les mains d'un passant, il était
probable que, croyant à une plaisanterie, il s'empresserait de la déchirer
en quatre morceaux et de les jeter au
vent ; enfin — et c'était là le plus à
craindre, — ce papier blanc sous le ventre
du chat noir, lié avec un cordon, devait
attirer l'attention, soit de Benamadouche, soit des ambassadeurs, s'il prenait fantaisie à Bagdad, plutôt que de
filer daré-dare vers le dehors, de s'éloigner majestueusement à travers les
pièces du logis.

C'est ce qui advint.

Le résultat de ce beau stratagème fut
qu'un instant après, la lettre à la grand'-
mère était entre les mains du néfaste
concierge. Pour en punir Ali, il l'introduisit sans ménagements dans le foyer
du calorifère dont il dut ramoner la suie
au long de l'après-dînée. Il en sortit dans
un bel état. Ensuite, il reçut un de ces
arrosages qu'il redoutait tant ; il en
reçut même deux, le premier par châtiment, le second par propreté.

Une décision des Pachas. ◢ ◢ Un
mois maintenant s'était écoulé depuis
son arrivée à Paris. On était au mois
de juillet et le soleil tapait dur sur
les murs de l'hôtel. Comme les fenêtres
étaient rarement ouvertes, même le
matin et le soir, au moment de la fraîcheur, il régnait souvent dans l'intérieur
une véritable température d'étuve.

Cette clôture en serre chaude ané-
miait le jeune Breton, habitué à s'em-
plir les poumons de la grande brise

marine. Les regrets de l'existence passée, les déceptions nées de l'état présent qu'il avait rêvé plein d'enchantements, alors qu'il n'était que tristesse et crainte, tout cela influait pernicieusement sur son état physique. Il perdait l'appétit, son visage n'avait plus la couleur rustique d'un abricot en plein vent.

Mohammed Fayoum et Ben Beni Souël le remarquèrent, et on jugera de leur moralité, qui nous est déjà suspecte, par le dialogue subséquent :

« Dis donc, Fayoum, est-ce que tu ne trouves pas que le garçon a une mine de papier mâché?

— J'ai même peur qu'il ne tombe sérieusement malade.

— Oh ! tu vas vite. Mais il est évident que nous nous sommes mis un ennui sur les bras en l'embauchant.

— Surtout s'il tombait malade.

— Pour sûr.

— Pas de ça, mon bonhomme. Ça ferait du vilain. Il est probable que là-bas, dans son trou de province, la grand'-mère est aux quatre cents coups de la disparition du petit !

— Naturellement.

— Déjà peut-être, elle a été trouver le maire, le procureur, toute la bande.

— Des gens à ne pas fréquenter.

— Je te crois. Peut-être bien encore que tous ces individus-là sont en train de faire une enquête.

— Ça s'occupe toujours de ce qui ne les regarde pas.

— Une supposition qu'ils retrouvent la piste.

— C'est pas probable... on sait s'y prendre.

— Oui, mais enfin, tête de linotte, admets qu'il s'amène ici, un beau matin, une ribambelle de sergents.

— J'admets, mais j'aimerais autant pas.

— Si on leur présente le Jojo Dibidoub, en chair et en os, y aura pas grand bobo. On leur expliquera ça en douceur. C'est notre petit domestique, mes bons messieurs, leur dira-t-on S'il a pas donné signe de vie à son aïeule bien-aimée, c'est qu'il ne sait pas écrire. Ils n'y verront que du feu.

— A condition que le petit mâtin ne mange pas le morceau et ne raconte pas qu'on l'a privé de communiquer avec l'extérieur.

— Tu n'es pas psychologue. Il nous craint. Il ne dira rien, il a trop peur qu'on lui coupe la tête !

— Je ne dis pas non.

— Tandis que s'il mourait, nous serions obligés de le faire disparaître su-bre-pti-ce-ment....

— Ça veut dire?

— En cachette, gros nigaud, à cause d'un tremblement de formalités à la mairie, aux pompes funèbres, chez des gens qui ne nous sont pas sympathiques. Bref, si on l'avait subtilisé....

— Les argousins ne trouveraient plus personne.

— C'est ça même, monsieur de la Palisse. Alors, tu saisis, ils mettraient leurs lorgnons et ils fouilleraient de plus près dans nos affaires.

— Indiscrètement.

— Et ils perquisitionneraient et là-haut, sous les combles, ils découvriraient le camarade.

— Tu me fais froid dans le dos.

— En conséquence, le mieux serait de donner un peu plus d'air au Jojo pour qu'il n'attrape pas la jaunisse et garde sa belle santé.

— J'approuve.

— Nous venons de changer notre limousine contre un landaulet de ville

LE PETIT BRETON DUT FAIRE
LE RAMONEUR.

pour les visites de MM. les ambassadeurs. On pourrait lui apprendre à conduire... dans le jardin. Ça le distrairait. Au bout de quelque temps, quand il sera capable de nous piloter, on le mettra sur le siège, et il nous promènera, le matin au bois. On l'emmènera à Trouville, cet été. Ça ne ferait pas mal, ce jeune moricaud au volant. De cette façon-là on ne le perdra pas de vue. Je crois que c'est la solution du problème.

— On peut toujours essayer, » conclut Ben Souëf Effendi.

Ils s'enfoncèrent nonchalamment dans les coussins d'un large divan et lancèrent vers le plafond des spirales de fumée comme de braves gens qui ont la conscience tranquille.

C'est une maxime éprouvée qu'il ne faut pas se fier aux apparences. Ce que les deux hommes viennent de dire et la façon dont ils l'ont dit. nous prouvent qu'il y a lieu de la leur appliquer, plus que jamais.

LES TRIBULATIONS DE JAKETA

Un cent kilos qui s'est fait domestique !

— Le barbier doit pas lui coûter cher. Il a le menton lisse comme un couvercle de pot-au-feu. »

Tel était le genre de réflexions peu flatteuses que Jaketa Penguidic entendait bourdonner autour d'elle, en faisant les provisions des révérends Sam et Jim, autrement dit des sieurs Lupin et Michou, que nous avons laissés à Montrouge, dans leur nouvel appartement de la rue d'Alésia.

Aussi quelle corvée pour la vieille paysanne d'entrer dans les magasins, sous cette livrée crasseuse de domestique masculin ! Quelle honte !

Il y avait des moments où elle était tentée de se sauver, de planter là ces êtres horripilants qui ne lui inspiraient aucune confiance. Mais où aller, quand on n'a pas un sou vaillant? Car ses maîtres ne semblaient pas pressés de lui verser le moindre sol.

A qui demander conseil? Elle se serait bien gardée de mettre qui que ce soit au courant de la situation, à cause du revolver entrevu. Il est bon d'ajouter que ceux auxquels elle était obligée de s'adresser, que tous les fournisseurs pouffaient de rire en voyant sa tournure grotesque.

Ce n'était pas trop encourageant pour confier le trop-plein de son cœur.

Par surcroît, n'ayant qu'une vague idée des dimensions de la grande ville et du nombre considérable de ses habitants, elle caressait toujours la chimère de rencontrer Jojo.

A plusieurs reprises, trompée par de lointaines ressemblances, elle avait couru après des gens accompagnant un enfant et s'était permis de leur frapper sur l'épaule.

En général, ils se retournaient d'un air courroucé, et les seules reponses qu'elle s'attirait étaient de ce genre :

« Vous feriez mieux de travailler que de mendier ! »

Désolation ! D'autres fois elle s'était adressée à un sergent de ville : « Vous

LA PAUVRE JAKETA S'ATTIRAIT LES QUOLIBETS DES PASSANTS.

auriez pas entendu parler d'un petit garçon, nommé Jojo Dibidoub. de Kerbaradoz? »

Les trois quarts du temps, la prenant pour une toquée, on l'envoyait promener d'un ton bourru, et, si elle revenait à la charge, la riposte ne tardait pas :

« Si c'est qu'vous voulez qu'on vous mène au poste, c'est pas difficile. »

Quand, à la maison, elle rappelait timidement aux révérends qu'ils s'étaient engagés à retrouver son petit-fils, ils l'empoignaient par les coudes, la poussaient dans la cuisine et l'y enfermaient.

Dans la clarté douteuse d'une cour étroite, sans autre horizon que des cheminées noires, la vieille Jaketa songeait désespérément à sa position, aussi sombre que l'atmosphère qui l'entourait. Où était-il le grand air, le plein soleil de Kerbaradoz. Dans cette satanée bicoque on avait toujours comme un brouillard sur les yeux !

Et quels singuliers propos elle entendait quand elle servait à table les deux soi-disant ecclésiastiques :

« Alors, t'as rien découvert? demandait Jim.

— Rien. Je suis bredouille. J'ai fait chou blanc, et toi?

— Moi pareillement. On ne saura donc jamais où ils perchent, ces faux frères !

— Ah ! oui, patience ! Il en faut, surtout qu'ils doivent rouler sur l'or !

— Et nous autres, on est dans la purée. Je peux même ajouter qu'on y est jusqu'au cou !

— Jamais tu n'as si bien dit la vérité.

— Si c'était encore de la purée Saint-Germain, aux petits pois nouveaux.

— Tais-toi.... L'eau m'en vient à la bouche. Tu me donnes véritablement des fringales.

— Mais non. Quand William vient nous dire : « Ces messieurs sont servis » et qu'on passe dans la salle à manger, quel spectacle lamentable pour de fins gourmets !

— Oui, de la ratatouille de bœuf avec des pommes de terre, rien que des pommes de terre ! Et quelle sauce ! De l'eau de pluie !

— Et du vin à trente sous.

— Ah ! malheur de malheur ! Eux, pendant ce temps-là, ils se donnent des indigestions de faisans. Ils se gorgent de nourritures raffinées !

— Y a pas de justice ! Ils se rafraîchissent le gosier avec du champagne ! Ils se rincent les dents avec du Corton !

— Il faudra que ça cesse ! Il faudra qu'on les retrouve, et puis on s'expliquera....

— Où donc peuvent-ils bien se cacher? Dans quel trou ces faux frères sont-ils tapis? »

Quand ils s'étaient bien excités l'un et l'autre sur le compte de ces individus dont ils ne prononçaient pas les noms et qu'ils exécraient pour des motifs qui nous échappent, c'est sur William que retombait leur mauvaise humeur.

William, si vous vous en souvenez, c'était Jaketa Penguidic, dont ils avaient changé l'état civil en même temps qu'ils la travestissaient en homme.

Ils ne lui parlaient qu'en termes grossiers et ils la tutoyaient !

« Dis donc, vieux masque, tu ne pourrais pas t'arranger pour nous fabriquer une popotte un peu plus mangeable.

— Mes Révérends, répondait-elle craintivement, — elle avait l'ordre formel de leur donner ce titre respectueux, — je voudrais bien vous servir de la meilleure nourriture, mais au jour d'aujourd'hui, tout est si cher ! Vous ne me donnez pas assez d'argent.

— Tu es trop bête pour marchander.

— Pardonnez-moi, mes Révérends, et même que je me fais traiter de rapiat et qu'il y en a qui m'agonisent de vilains mots.

— Avec une physionomie comme la tienne, ce n'est pas étonnant. On te répète que tu ne sais pas t'y prendre.

— Comment donc qu'il faut faire?

— Les marchands, c'est des voleurs. Ils gagnent cent pour cent sur la marchandise. C'est bien connu. Le client est toujours mis dedans. Eh bien ! quand le bonhomme a le dos tourné, on subtilise une côtelette, un brie... à condition que ce soit exécuté proprement.... Sans ça, gare la police ! Mais tu te ferais pincer. C'est malheureux d'avoir une bûche comme toi à son service. »

Quels principes ! L'honnête Bretonne en était atterrée. Des messieurs à l'extérieur respectable, en cravates blanches et lévites noires, qui sortaient avec des livres de piété sous le bras et qui se disaient ecclésiastiques, qu'elle devait traiter de Révérends par-ci, de Révérends par-là, oser lui donner de semblables conseils !

Quand elle protestait, de plus belle ils l'accablaient de sarcasmes. S'ils voyaient sa mine déconfite, ils s'esclaffaient, et cela finissait généralement par une kyrielle de qualificatifs malsonnants, pour arriver à cette conclusion :

« Tâche de ne pas raconter ce qu'on vient de te dire, ou bien on t'aplatira ! »

L'aplatir !

Et l'expression était accompagnée de

gestes si inquiétants, de roulements d'yeux si féroces, qu'elle n'en comprenait que trop la signification.

« Mon doux Jésus, pensait-elle, j'ai peur d'être tombée chez du bien mauvais monde ! »

Le mystère augmente. ☙ ☙ Une nuit qu'elle se tournait et retournait sur sa paillasse, ne parvenant pas à s'endormir, ce qui lui arrivait souvent, hélas ! elle entendit une galopade dans l'escalier. La porte fut ouverte violemment et dans le silence elle perçut comme un bruit de soupapes, le rythme précipité de respirations haletantes.

Elle se leva, effrayée, endossa prestement sa défroque, entr'ouvrit tout doucement la porte de son taudis et aperçut, affalés sur des chaises. ses maîtres Jim et Sam. Ils venaient d'allumer le gaz.

Le nœud de la cravate blanche du premier, maculé de taches et tout chiffonné, était retourné sur sa nuque. Le second n'en avait plus du tout. Leurs vêtements, saupoudrés de plâtras. ressemblaient à des chiffons sur lesquels on s'est roulé, et leurs cheveux, luisant de sueur, collaient à leur peau. Ces graves personnages, au lieu du maintien austère qu'ils se composaient habituellement, présentaient des dehors à la fois effarés et gouailleurs.

Quand ils furent un peu remis de leur essoufflement, ils parlèrent :

« Il était temps, fit Sam.

— Il était moins cinq, reprit Jim, en faisant claquer son médium sur le pouce, plusieurs fois de suite.

— Tu as remarqué le grand ?

— Si je l'ai remarqué.... Une girafe !

— Ces gens-là n'ont pas la moindre distinction. Le butor me tenait par le pan de ma redingote.

— Mais tu l'en as dégoûté d'un coup de poing....

— Américain.

— Bien entendu, puisque, nous autres, on est des citoyens de la noble Amérique. »

Des rires sonores soulignèrent cette saillie de Jim.

Sam reprit :

« J'ai eu tout de même une de ces frousses !

— Habitue-toi donc à un vocabulaire plus châtié.

— Oui, très cher et très honoré confrère, c'est tout de même ennuyeux d'en être réduit, pour subsister, à risquer de pareils coups. Quand je pense qu'au lieu de causer tranquillement entre

LES DEUX RÉVÉRENDS ACCABLAIENT
DE REPROCHES JAKÉTA.

nous, on pourrait se morfondre sur la paille des cachots. »

Jim lui mit la main sur la bouche :

« Chut ! Ne prononce pas des mots trop faciles à comprendre qui pourraient nous trahir. Les cloisons sont minces et la vieille ne dort peut-être point. »

Ils ne croyaient pas si bien dire. Elle suivait attentivement la conversation, à son poste d'écoute, sans parvenir cependant à se faire une idée bien nette de ce qui s'était passé. Ces tournures, familières au peuple des faubourgs de Paris, demeuraient incompréhensibles pour la bonne femme de Kerbaradoz.

Mais, si novice qu'elle fût, ce retour en pleine nuit de gens en désordre et à bout de souffle n'augmentait pas sa confiance. Loin de là !

De nouveaux doutes l'assaillirent quand elle vit Sam tirer de sa poche un écrin contenant un collier d'or, et Jim jeter sur la table deux ou trois bijoux et une montre de femme.

Cette vue provoqua un mouvement de tout son corps dont la porte fut secouée. Les gonds grincèrent légèrement.

Jim et Sam dressèrent la tête. D'un

bond elle se glissa sous les couvertures et ferma les paupières, tandis que, soupçonneux, ils parcouraient les autres pièces de l'appartement, et, un rat de cave à la main, inspectaient le dessous des meubles et les angles des murs.

« Tu es sûr qu'on ne nous a pas suivis, que personne n'est entré derrière nous? demanda Sam, les traits anxieux.

— Comment veux-tu? reprit Jim, on s'en serait bien aperçu...

— Probable. Ça n'empêche que j'ai entendu du bruit. Je n'ai pas la berlue.

— Moi aussi.... C'est peut-être William.

— Si j'étais certain qu'il nous épiait,

NOUS AVONS DÛ NOUS SAUVER A TOUTES JAMBES.

je lui en ferais mon compliment d'une manière qu'il n'oublierait pas.

— On va s'en rendre compte. »

Une explication bien embrouillée. Sur la pointe des pieds, ils se dirigèrent vers le cabinet de la vieille Jaketa, poussèrent la porte doucement. Elle semblait dormir profondément.

« C'est drôle, observa Jim, elle est habillée. Pourquoi ça?

— Demande-lui, » fit Sam.

Il approcha le rat de cave du nez de la bonne femme dont le visage, sous l'effet de la sensation désagréable, se contracta et s'enfonça dans l'oreiller. En même temps, livide de frayeur, elle fixait ses maîtres, les pupilles agrandies.

« Dormais-tu ou ne dormais-tu pas? » lui cria Jim.

C'était du chinois pour Jaketa.

» Quoi que vous voulez dire, mon Révérend, bredouilla-t-elle.

— C'est vrai, Tu n'as pas été à l'école. Tu ne sais rien de rien. Je te demande si tu dormais pour de bon ou si tu faisais semblant.

— Oh ! mon Révérend, je dormais... je dormais bien, je vous assure.

— Ça n'est pas vrai.

— Oh ! oui dame ! je dormais tout à fait dur.

— Tu mens.... Tu nous cafardais. »

Elle se borna à répéter : » Je dormais comme un petit enfant.

— Tu dormais avec tes habits sur le dos? Tu nous prends pour des imbéciles.

— Mon Révérend, faites excuse. Je me couche avec mes vêtements. Une supposition que le feu prendrait à la maison... J'ai si grande crainte des incendies... Comme ça, je pourrais me sauver plus vite. »

La Providence lui avait suggéré cette explication plausible et c'était miraculeux, car d'ordinaire elle avait l'esprit lent.

Les deux ministres parurent s'en contenter. Cependant, comme Sam n'était pas absolument persuadé et qu'il la soupçonnait encore d'avoir surpris les circonstances singulières de leur rentrée au logis, d'avoir écouté leurs propos, il lui intima l'ordre de se mettre sur pied.

« Puisque tu es en tenue de jour, ça se trouve bien. Viens dans la salle à manger. On a des choses à te dire. »

Elle les suivit à contre-cœur, redoutant quelque algarade.

« Notre toilette est un peu bouleversée. Il n'y a rien de drôle. On s'est battu. »

Emportée par son bon cœur, Jaketa reprit :

« On ne vous a pas fait de mal?

— Tu ne nous as donc pas regardés ?»

Il releva ses manches et montra des biceps gros comme des œufs d'autruche.

« Avec des muscles comme ça, c'est nous qui donnons des tripotées aux autres. Vive la boxe !

— Ça m'a toujours fait du deuil de voir des hommes s'assommer.

— William, tu es une sensitive fit Sam, un peu radouci par l'intérêt que la pauvre vieille leur portait. Mais quand on vous attaque, on se défend. »

Jim, le regard interrogateur, se demandait quel conte son ami allait servir à la crédulité de leur domestique.

« Oui, continua Sam, il faut que tu saches que notre cousine, Mme de Bellefontaine, est morte ces jours derniers. C'était une excellente personne et ça nous a causé beaucoup de chagrin. »

Il tira son mouchoir et se tamponna les yeux.

Jim l'imita de confiance.

Ils paraissaient si peinés que la bonne femme s'apitoya :

« La chère dame a-t-elle beaucoup souffert ?

— Énormément, larmoya Sam, en simulant un sanglot. Le pire, c'est qu'en pareil cas, il y a des discussions d'intérêt bien pénibles. Nous sommes plusieurs héritiers et l'on ne s'entendait pas pour le partage de la succession. Il y en a toujours qui tirent la couverture à eux. »

Jaketa, qui entrevoyait le paiement de ses gages, ne put se retenir de poser la question qui lui venait aux lèvres :

« Était-elle riche, votre cousine, mes Révérends ?

— Oh non ! Pas d'argent ; seulement quelques bijoux. Justement, hier soir, on avait rendez-vous avec les autres parents pour faire les lots.

— Ce sont des cérémonies à chicanes et l'on n'est pas toujours de bon accord.

— Naturellement. Figure-toi que, parmi les membres de la famille, y avait une espèce d'animal qui nous chipotait tout le temps sur notre part.

Jim se masqua la figure dans le creux des mains comme pour cacher des larmes, en réalité parce qu'il pouffait de rire, en constatant la façon ingénieuse avec laquelle l'autre travestissait les événements qui s'étaient déroulés. Si avec ça les soupçons que

Jaketa pouvait avoir n'étaient pas dissipés !...

« Oui, ajouta-t-il, cet animal se montrait par trop exigeant. Alors on

SAM ET JIM INSPECTÈRENT L'APPARTEMENT, TENANT UN RAT DE CAVE A LA MAIN.

s'est injurié et, finalement, on s'est empoigné. Quand on a vu de quoi il retournait, on a mis la main sur notre dû, en bonne conscience, et on s'est retiré bel et bien, en emportant le collier, les pendants d'oreille et la montre que voilà sur la table.

« Mais le bandit et deux ou trois autres parents qui le soutenaient nous ont donné la chasse.

« On a eu grand'peine à se tirer de leurs griffes et c'est pour ça que nous sommes rentrés en coup de vent. On se figurait qu'ils grimpaient l'escalier derrière nous.

« Dans la bataille, par-dessus le marché, nos habits ont fortement trinqué.... Voilà toute l'histoire.

— C'est pas des manières d'agir, tout de même, déclara Jaketa Penguidic, convaincue de la véracité du récit.

— Et ce n'est pas une raison parce qu'on est d'honnêtes gens, de braves gens, pour se laisser monter le coup, opina à son tour le Révérend Jim, qui avait bien du mal à tenir son sérieux.

— Quand on agit loyalement, on n'a rien à se reprocher, souligna la vieille Jaketa. Comme ça, au moins, on a de bons sommeils.

— Aussi, William, vous qui avez, je le vois, le sentiment de l'honneur, vous allez retourner vous coucher. Vous allez faire un bon petit dodo !

— C'est pas de refus, mon Révérend, je tombe de fatigue.

— Auparavant, veuillez encore retenir ceci : nous ne pouvons pas nous servir de la montre de la cousine. Ce serait ridicule, un bibelot de femme ! Nous ne pouvons pas davantage nous

LA VIEILLE JAKETA S'APITOYA DEVANT LA DOULEUR SIMULÉE DE SAM.

parer de ses boucles d'oreilles et de son collier. Nous aurions l'air de sauvages des îles de l'Océanie !

« C'est pourquoi, bien qu'il nous en coûte de nous séparer des reliques de la chère défunte, nous avons résolu de les vendre. Notre résolution est inébranlable, tout ce qu'il y a de plus inébranlable.

« Nous ne sommes pas riches, vous le savez, et cet argent nous servira à varier un peu notre ordinaire et à vous payer ce qui vous est dû.

— C'est la moindre chose, » fit Sam, en clignant de l'œil du côté de Jim.

Décidément Lupin et Michou étaient en veine de probité.

Dans leur for intérieur, c'était un tout autre mobile qui les poussait.

Ils avaient besoin de la brave femme pour tenir leur ménage, et ils ne pouvaient en trouver une autre qui fût aussi crédule, aussi dépourvue d'arrière-pensée. On n'a pas la chance, tous les jours, de tomber sur une servante douée d'autant de naïveté.

« Oui, reprit Jim, nous sommes obligés de vendre ces précieux souvenirs de notre chère cousine. Dès demain matin, William, vous les porterez chez ma tante.

— Ah ! vous avez aussi une tante?

— Jamais on n'a tant ri, s'écrièrent en chœur les deux hommes, la bouche largement fendue, d'où s'échappèrent des gloussements d'hilarante humeur.

— Mon pauvre William, fit Jim, quand sa joie fut un peu calmée, tu es par trop bêbête. Dans quel désert inhabité as-tu donc vécu, pour ignorer que « ma tante », c'est le nom que les gens chics donnent au Mont de Piété?

— Le Mont de Piété !... Ah, oui ! Le Mont de Piété ! reprit Jaketa, humiliée et qui cherchait à se rattraper... Oui bien, j'en ai entendu parler.

« C'est un endroit où on va en pèlerinage. »

Du coup, Jim et Sam faillirent étouffer en donnant libre cours aux rires impétueux qui roulaient dans leurs poitrines.

S'étant peu à peu remis dans leur sérieux, ils expliquèrent à la vieille femme que le Mont de Piété, c'était une administration où l'on prêtait de l'argent, sur les objets déposés en gage.

Elle y porterait les bijoux et encaisserait les billets bleus qu'on lui donnerait en échange.

Ils n'ajoutèrent point qu'ils aimaient autant qu'on ne les vît pas dans ce lieu où les gens douteux sont l'objet d'une surveillance occulte.

Pour la bonne femme Penguidic, rien à craindre.

Pouvait-on se méfier de ce vieux domestique ridicule, mais respirant la probité?

Elle s'y rendrait donc, se paierait sur la somme qu'on lui remettrait du montant de son mois et, en revenant à la maison, achèterait deux belles tranches de galantine, un poulet, des pêches, du roquefort, et du bourgogne de marque.

Quand Michou et Lupin eurent exposé à Jaketa par le menu toutes les indications utiles au bon accomplissement de sa mission, Jim en revint à son langage trivial.

« Dis donc, William, c'est éreintant de te faire entrer dans la tête les notions les plus élémentaires. Ça donne soif de te mettre les points sur les *i*. Y a-t-il encore du cognac dans le placard?

— Oh! oui. un litre est à peine entamé.

— Verse tout dans une casserole et fais-nous un punch, quelque chose de soigné! Ça va nous remettre en bon état. Quant à toi, tu n'en auras pas. Ça t'empêcherait de dormir. Allez, William, et débrouillez-vous! »

Jaketa, à laquelle la perspective de glisser quelque argent dans sa bourse vide, redonnait du courage, fit chauffer la boisson demandée, non sans crainte sur les conséquences que pourrait avoir une pareille absorption d'alcool sur le cerveau de ces messieurs.

Quand ils furent attablés devant des bols flambants, elle se barricada dans son cabinet, et se coucha.

La bonne impression qu'elle avait naïvement éprouvée, en songeant au paiement qu'ils lui avaient promis, se dissipa bientôt.

En effet, les hommes, excités par l'alcool, se livraient dans la salle à manger à toutes sortes d'excentricités, dansant la gigue et blasphémant.

Non, de pareils êtres ne pouvaient prétendre passer pour d'honnêtes gens. Non, elle ne pouvait demeurer dans leur entourage. Un projet, qu'elle méditait depuis quelque temps déjà, mûrissait dans sa tête et s'y implantait d'une manière irrésistible. Quand

une idée a pris possession d'un cerveau têtu de Bretonne, elle s'y cramponne

MICHOU ET LUPIN DANSÈRENT UNE GIGUE EN CHANTANT A TUE-TÊTE.

avec une ténacité incroyable. C'est comme du lierre autour d'un tronc d'arbre.

LA FUITE D'ALI

Vers les dix heures du matin, un jour que Kadour Benamadouche balayait le trottoir devant l'hôtel de l'avenue Victor-Hugo, un jeune homme l'aborda.

Il était svelte, vêtu d'un complet noisette d'une bonne coupe, le monocle à l'œil.

Ni son melon de feutre soyeux, ni ses bottines d'un vernis irréprochable, ni sa cravate d'un satin de première qualité n'avaient été achetés dans un de ces magasins où tout est clinquant, où rien n'est solide.

Le port assuré, la moustache conquérante, en croc, avec un je ne sais quoi dans l'allure qui signifiait: « Je

veux bien ce que je veux, » il regarda Kadour bien en face et lui dit, d'un ton décidé:

« C'est ici que demeurent Leurs Excellences les ambassadeurs du sultan du Béloutchistan? Vous êtes sans doute à leur service. Veuillez m'introduire, je vous prie. »

L'autre, un peu interloqué par cet aplomb, fut sur le point de répondre: « Donnez-moi votre carte, je vais la faire passer. » Puis, se ravisant, traversé par un défilé rapide de pensées, il eut envie de lui dire plutôt: « Leurs Excellences ne reçoivent pas à cette heure-ci. » Enfin, plus rapidement qu'il ne faut de temps pour l'écrire, il lui parut préférable de donner une autre réplique, et il bredouilla :

« Moi Asiatique.... Moi, pas comprendre.... »

Si le jeune homme avait eu l'occasion de fréquenter, comme nous, avec Benamadouche, il eût souri, car nous savons que le concierge s'exprimait dans notre langue, de la manière aisée d'un natif de Montmartre ou de Grenelle.

Du reste, la prétendue ignorance de Benamadouche ne parut en rien contrarier le jeune homme ; continuant à parler comme si son langage était parfaitement compréhensible pour Kadour, il ajouta :

« Je suis journaliste. Je dois interviewer Leurs Excellences.... »

Résolument, écartant Benamadouche qui cherchait à le retenir, il entra dans l'hôtel, escorté d'un concert d'imprécations plus bizarres les unes que les autres : « Padarouk ! Rebouliche ! Papamoko !... » bref, toutes les cocasseries verbales qui venaient à l'esprit du portier.

Dans le vestibule, il rencontra Ali-Jojo, en train d'essuyer la rampe de l'escalier.

L'exercice qu'il prenait quotidiennement, au plein air, en apprenant à conduire l'auto dans le jardin — ses maîtres ayant réalisé leurs intentions à son égard — lui avait rendu des couleurs. Il n'était plus question d'anémie.

Le nouveau venu allait l'interroger à son tour, mais Benamadouche eut le temps de lui glisser à voix basse.

« File rondement. Va prévenir nos maîtres et n'aie pas l'air de comprendre un mot aux questions de cet imbécile. Sinon, il t'en cuira. »

C'était évidemment la consigne donnée vis-à-vis de tout étranger. L'enfant obtempéra immédiatement aux injonctions de Kadour. En quatre enjambées, il fut auprès de Mohammed Fayoum pacha et de Ben Beni Souef Effendi. Ceux-ci, dans leur position habituelle, c'est-à-dire étalés sur un large divan, buvaient un cocktail.

Le journaliste, doué des qualités d'audace d'un bon reporter que rien n'arrête, entrait déjà dans la pièce où ils se trouvaient.

Il se jeta la face contre terre, trois fois de suite, connaissant sans doute les usages orientaux, tandis que les ambassadeurs, impassibles, ne faisaient pas un mouvement.

Sortant de son veston un carnet de notes, balançant au bout d'une chaîne d'argent un porte-mine de même métal, il s'assit carrément sur un tabouret et commença son interview :

« Illustres seigneurs et hauts légats de Sa Majesté le sultan du Béloutchistan, je suis votre très humble et très obéissant serviteur. »

Ben Beni Souef Effendi fut sur le point de saluer, mais Mohammed Fayoum Pacha lui lança un vigoureux coup de coude, qui le rappela au rôle qu'il devait jouer... c'est-à-dire faire semblant de ne pas entendre le moindre mot de français.

C'est donc avec un flegme imperturbable qu'ils continuèrent d'écouter le journaliste :

« Sérénissimes envoyés d'un très puissant potentat, je suis rédacteur au journal *Le Grand Monde*, dont vous avez certainement entendu parler, puisque nous avons des abonnés jusqu'au Kamschatka et que nous venons d'installer un service d'informations dans l'île déserte de Kerguelen. »

Ben Beni Souef fut obligé de se re-

UN JEUNE HOMME ABORDA BENAMADOUCHE.

tenir violemment pour ne pas s'écrier :
« La bonne blague ! »

Cela n'eût pas empêché d'ailleurs l'imperturbable personnage de continuer, ce qu'il fit, sans remarquer le mouvement de l'ambassadeur.

« Oui, fit-il, nous voulons que nul

événement contemporain n'échappe à nos lecteurs, surtout quand il a l'importance de celui qui m'amène ici.... J'ai appris, par une indiscrétion, que vous êtes dans nos murs depuis quelques semaines, et c'est à force de recherches patientes que j'ai pu découvrir votre adresse... car elle ne figure pas dans l'Annuaire du ministère des Affaires étrangères.

— Je te crois ! pensèrent simultanément les deux interviewés.

— Vous plairait-il, nobles envoyés, de me donner quelques tuyaux sur votre mission en France? »

A la porte ! ∅ ∞ Comme il s'arrêtait un instant, semblant attendre une réponse, Mohammed Fayoum Pacha, de l'air d'un idiot qui ne saisit rien, proféra ce seul mot :

« Boubou ! »

Ce qu'entendant, Ben Beni Souef Effendi dit de son côté :

« Rara ! »

Le journaliste nota ces deux expressions sur son calepin comme des spécimens de la langue du Béloutchistan.

Continuant consciencieusement son enquête, il obtint encore quelques autres

BENAMADOUCHE SAISIT LE REPORTER
DANS SES BRAS.

« boubou » et quelques autres « rara ». Piètre récolte !

En désespoir de cause, il se tourna vers Ali, auquel un coup de pied de Benamadouche, appliqué discrètement

sur les mollets, rappela qu'il devait imiter ses maîtres.

Le petit Breton crut même bien faire en accentuant leur manière de répondre. Comme le tenace interlocuteur lui disait de son organe le plus persuasif :

« Et vous, bel enfant de l'Asie, vous êtes à l'âge où l'on retient facilement ; pouvez-vous me documenter dans l'idiome français? »

Il lui lança par la figure cette ribambelle d'onomatopées :

« Boubourara, Raraboubou, Boubourara, Raraboubou, Boubourara !... »

Il n'y avait plus moyen de l'arrêter et il continuait encore que le jeune homme n'y prêtait plus attention, et, changeant ses batteries, entreprenait Kadour Benamadouche. Celui-là, au moins, ânonnait quelques bribes de notre langue et ne semblait pas fermé à tout dialogue.

« O très distingué et très accueillant concierge de Leurs Excellences, — il espérait réussir par la flatterie, — ô digne et précieux auxiliaire de Leurs Hautesses, serez-vous toujours sourd à mes questions? »

Mais Benamadouche lui répondit d'un air abominablement bourru :

« Toi, déguerpir rapido ! »

Vous croyez qu'il déguerpit ? Point du tout. Un bon reporter ne lâche pas comme ça la partie.

Il parcourut le salon, en poussant des cris d'admiration, en s'extasiant, en griffonnant des notes à n'en plus finir, et, délibérément, étant sorti sur le palier, il s'apprêtait à escalader les marches des étages supérieurs, quand Benamadouche lui barra résolument la route.

Fichtre ! Ça devenait sérieux ! S'il tombait sur le guichet et s'il entendait geindre l'hôte mystérieux de la chambre noire !

C'est pourquoi le concierge hurlait, et rouge comme un coq :

« Toi, pas monter ! Toi, roumi ! Là-haut, sacré ; là-haut, mosquée.... »

Alors, que fit notre entêté? Sachant qu'on n'entrait dans les sanctuaires du culte musulman que déchaussé, il enleva ses bottines avec dextérité et tenta de recommencer l'ascension.

Ce qui acheva d'enlever toute notion de courtoisie à Benamadouche.

Il saisit fiévreusement le reporter sous les aisselles, l'enleva, tel un fagot de bois mort, dégringola l'escalier et, le

portant au bout des bras, le déposa au milieu du trottoir, sur ses chaussettes.

Flegmatiquement, ayant inscrit quelques nouvelles observations, l'expulsé, le sourire aux lèvres, se dirigea vers la boutique d'un cordonnier voisin, où il remplaça ses bottines.

Un reporter, digne de ce nom, ne doit jamais s'émouvoir.

En revanche, cette visite avait laissé les habitants de l'hôtel sous une impression anxieuse.

Une décision brusque. ✿ ✿ Après l'expulsion de l'intrus, on pria Ali de s'éloigner et Leurs Excellences tinrent un conciliabule, toutes portes fermées, avec Benamadouche, qui, dans l'intimité, ne gardait plus les distances et désignait ses maîtres sous les noms à tournure beaucoup moins exotique de Potard et Verjus.

Quant à lui, Leurs Excellences l'appelaient tout banalement Bidoche. On verra, par les considérations qu'ils échangèrent, qu'il traitait avec eux de pair à compagnon.

« Ça ne sent pas bon, fit-il, la visite de ce pistolet-là.

— Tu crois qu'il est de la magistrature ? demanda Verjus.

— C'est mon avis.

— Le mien aussi, ajouta Potard.

— Ainsi, continua Verjus, tu estimes qu'en s'introduisant dans notre intérieur, il n'avait pas des intentions très pures ?

— J'en mettrais ma main dans le feu.

— J'y mettrais les deux.

— Somme toute, il n'est pas plus avancé. Il n'a rien vu, grâce à toi, mon vieux Bidoche. Il était temps de l'empêcher de grimper là-haut.

— Seulement, tu l'as expédié sans délicatesse : il nous en voudra.

— Il nous en aurait voulu bien davantage, s'il avait découvert le pot aux roses !

— Pour nous résumer, déclara Potard, notre opinion à tous les trois, c'est : Primo, que le particulier n'est pas plus journaliste que ne l'était mon estimable père, en son vivant camelot, ouvreur de portières et marchand de gazettes !

— Oui !

— Secundo : qu'il a fourré son affreux museau dans l'hôtel privé des ambassadeurs du Béloutchistan, uniquement pour les espionner.

— Oui !

— Tertio : qu'il serait peut-être prudent de disparaître, autrement dit, en

LES AMBASSADEURS DU BÉLOUTCHISTAN ET BENAMADOUCHE DISCUTÈRENT LONGUEMENT.

style noble, d'élire un autre domicile.

— Oui ! Oui ! Oui ! trois fois oui !

— La décision est prise à l'unanimité. Donc, on décampera. Et l'on s'y prendra comme on s'y est déjà pris pour le camarade des combles. Quand il sera bien nuit on le bâillonnera, on l'emballera dans le landaulet et... bonsoir la compagnie !

— Maintenant, dit Bidoche, j'ai à recueillir les suffrages sur une autre question : Y a-t-il urgence à décamper ? »

Ce fut Verjus qui lui répondit :

« Je ne crois pas. On a bien quatre ou cinq jours devant soi pour chercher un autre domicile dans un autre quartier.

— Ce qui me chiffonne, soupira Potard, c'est qu'il faudra abandonner ce local confortable.

— Ne te trouble pas, Potard ; on rachètera des meubles encore plus moderne style. C'est pas la monnaie qui nous manque.

— Et puis, il n'y a pas moyen d'agir différemment, conclut Bidoche, dit Benamadouche.

Puis il déclara à ses compagnons :

« Je descends au jardin pour voir si notre apprenti chauffeur commence à conduire convenablement. Il doit être au volant. J'entends le moteur qui ronfle. »

L'apprenti chauffeur dont il parlait c'était Ali-Jojo.

Leurs Excellences, dont l'intention était de l'utiliser comme conducteur du landaulet, l'avaient initié aux premiers principes du métier et autorisé à tourner en rond autour de la pelouse du jardin, pour se perfectionner.

Il y faisait preuve des meilleures dispositions, et, quand Benamadouche survint, il était en train d'exécuter des virages impressionnants.

La vue du personnage stimula encore le zèle de notre jeune Breton. Il s'agissait de prouver qu'il était maintenant capable de promener ses maîtres à travers la ville. Il attendait avec la plus grande impatience le moment où il pourrait sortir, respirer un autre air que celui de ce jardin clos et se rendre compte enfin des splendeurs de la capitale.

Aussi s'appliquait-il à prouver son habileté et il y réussissait sans doute, car Benamadouche s'écria :

« On dirait que tu n'as jamais fait que ça de ta vie. Tu conduis comme un vieux chauffeur ! »

L'enfant se rengorgea sous le compliment et stoppa devant son interlocuteur :

« Alors, vous trouvez que je ne suis pas trop maladroit, à c't'heure, monsieur Benamadouche ?

— Tu es épatant, ni plus, ni moins. Tu es un ange !

— Vous pensez qu'un de ces jours, je pourrai conduire nos seigneurs, que je pourrai les promener ?

— Je le pense, jeune homme de bien ; mais ça ne suffit pas. Auparavant, tu as besoin d'un permis de chauffeur. C'est le règlement.

— Qu'est-ce que c'est que ça, un permis ?

— Un permis ?... C'est un permis, il n'y a pas d'autre explication.

— Où ça s'achète-t-il, monsieur Benamadouche ?

— Nigaud, ça ne s'achète pas. Puisque tu es un peu niais, écoute les éclaircissements que je vais prendre la peine de te donner.

— Vous êtes bien bon.

— Voilà. Pour être autorisé à conduire une auto dans Paris, c'est indispensable d'avoir une permission du préfet de police. Autrement, tu serais coffré par les agents et ça ne traînerait pas.

— Ah !

— Oui, mon garçon, c'est comme ça. C'est comme je viens d'avoir l'honneur de te le dire.

— Vous seriez bien aimable de m'en procurer un.

— Tu te figures que ça suffit ? D'abord je n'aime pas beaucoup à avoir des fréquentations avec ces messieurs de la préfecture. C'est des malpolis. »

Il fit un geste de dégoût, dont l'énergie laissait supposer qu'il y avait d'autres raisons à sa répugnance.

« Oui, ça vous reçoit le monde du haut de leur grandeur. De plus, il n'y

ALI-JOJO S'ESSAYAIT A CONDUIRE LE LANDAULET.

a pas qu'à la demander, cette permission. On doit passer un examen. Et tu sais, les examinateurs ne sont pas commodes. C'est des types qui grognent pour la moindre faute.

— On pourrait peut-être y aller demain. J'en sais bien assez long.

— Ni demain, ni après-demain, mon petit. Leurs Excellences avaient l'intention de te mettre sur le siège de leur auto pour les promener. mais... ils ont changé d'avis. »

Le nez du pauvre Ali devint long d'une aune.

« Ça te contrarie? poursuivit Benamadouche. J'en suis bien fâché. Mais c'est comme ça. Pour le moment, il est question de déménager un de ces jours.

— Justement, reprit l'enfant, se raccrochant à un suprême espoir, c'est moi qui conduirai quand on déménagera.

— Non, non, non ! On te fourrera dans un sapin avec le locataire de la chambre noire. »

L'affreux homme, en voyant la mine blême d'Ali, partit d'un long éclat de rire. Mais il ne lui laissa pas le temps de protester.

« Allons, assez causer. Rentre la voiture dans la remise et va-t'en frotter la batterie de cuisine. »

Cela fut dit d'un ton si péremptoire qu'il n'y avait rien à répliquer.

Dix minutes après, Jojo astiquait nerveusement les cuivres. Dans le secret de sa pensée, là où ne pouvait pénétrer la surveillance de ses geôliers, il échafaudait tout un plan d'évasion.

Ali se décide. ◙ ◙ Il n'en pouvait plus. Cette vie de\ reclus l'excédait. Tout ce qu'il voyait, tout ce qu'il entendait, de jour en jour augmentait ses méfiances contre ses maîtres, et, coûte que coûte, en dépit des risques à affronter, il était résolu à fuir.

De quelle façon? Là était le problème... et il abandonnait l'un après l'autre tous les projets qui se présentaient à son esprit. Chacun d'eux était impraticable.

Le hasard vint à son secours.

Le surlendemain, Mohammed Fayoum Pacha et Ben Beni Souef Effendi, qui n'étaient pas sortis depuis la visite du reporter, le firent appeler :

« Ali, tu sais peut-être que nous avons l'intention de changer de domicile.

— Oui, monseigneur.

— Bien. Prépare l'auto; nous allons chercher un appartement.

— Emmenez-moi avec vous Je gar-

derai la voiture **pendant que vous** entrerez dans les maisons. »

La réponse fut négative ; mais, en prononçant cette dernière phrase, une lueur avait jailli dans l'esprit d'Ali.... Parbleu ! oui, pour visiter les appartements, force serait aux ambassadeurs

de quitter le véhicule et de le laisser seul, en station, devant les portes.

Tiens ! en se cachant dans le coffre, sous le siège, il franchirait avec eux le seuil de l'hôtel sans être vu. Au premier arrêt, profitant de leur absence, il sortirait de sa cachette et s'enfuirait à toutes jambes. Après, on verrait à se tirer d'affaire. On s'en tire toujours, quand on a de l'argent en poche, et il en avait !

Cette idée lumineuse ne fit que s'accentuer, comme il amenait l'auto sous la voûte, au bas de l'escalier. Il brusqua les choses, de peur que la réflexion ne paralysât sa volonté.

Profitant d'un moment où Benamadouche était retourné à sa loge, il se glissa dans le coffre, sous un tas de chiffons qu'il éparpilla sur lui, et il rabattit le couvercle.

Quelques instants après, le moteur trépidait, les roues tournaient. On s'en allait.

Ce serait mentir de dire qu'il se trouvait à l'aise dans cette boîte exiguë, sans air, les jambes en chien de fusil, au milieu de linges gras qui sentaient l'essence. En outre, il grelottait de frayeur, tremblant qu'il ne prît fantaisie aux ambassadeurs du Béloutchistan de fouiller dans le coffre. Les moindres craquements, les frôlements sur le bois qu'il percevait au-dessus de lui le jetaient dans des terreurs folles.

Parfois, la fatigue l'obligeait à changer de position, et il crut sa dernière heure arrivée quand il entendit Ben Beni Souef :

« On dirait que le siège se soulève par moments. Si on regardait là-dedans. »

Heureusement la réponse de Mohammed ne se fit pas attendre :

« C'est pas la peine. Ça provient des ressorts qui sont un peu fatigués. »

Parfois des arrêts se produisaient. L'instant était-il venu d'agir? Comment le deviner, dans l'obscurité où se trouvait le malheureux?

Enfin, après une station plus longue, il entendit un remue-ménage plus accentué, des traînements de pieds. Finalement le moteur se tut.

Mais une crainte le tourmentait. Les deux compères avaient-ils quitté ensemble la voiture? L'un d'eux ne se promenait-il pas en faction sur le trottoir?

Il attendit encore. L'immobilité et le silence se prolongeant, tout doucement, tout doucement, il souleva le couvercle : ô joie, personne !

Prudemment, il repoussa un peu plus le couvercle, et, d'un élan, jaillit,

comme un diable de sa boîte, puis sauta dans la rue.... La chance le favorisait. Aucun passant n'avait remarqué son manège suspect.

Il allait prendre les jambes à son cou et détaler comme un zèbre lorsqu'en moins de temps qu'il ne faut pour l'écrire, une kyrielle de réflexions se déroula dans son cerveau.

Certes, rester à Paris, c'était bien tentant. Se promener par les rues, qui apparaissaient si larges, si animées, bordées de si beaux magasins, ce serait bien amusant ! Mais n'était-ce pas s'exposer à être rejoint? Son costume ne le trahirait-il pas? Et la vision du pays natal emplit ses yeux. Son village de Kerbaradoz, sa grand'mère Jaketa, son cochon Corbino, et la lande et la mer toute bleue à l'horizon.... Ce fut une tentation obsédante !

Au fait, l'auto était à sa disposition. Pourquoi ne pas s'en servir et retourner au pays? Non, ce ne serait pas un vol. Il ne la garderait pas. Il trouverait bien quelqu'un pour la ramener à Paris.

La fuite. ◙ ◙ Spontanément, toutes les objections tombèrent comme des châteaux de cartes. Il mit la voiture en marche et décampa.

Où se diriger? Il ignorait dans quel quartier il se trouvait.

Alors, cherchant quand même un but à atteindre, il conduisit l'auto dans la direction de la Tour Eiffel, qui, là-bas, émergeait au-dessus des toits. En un quart d'heure, il se trouva sur le quai du Champ-de-Mars, au pied de l'immense édifice.

Là, il s'arrêta pour le contempler. Du moins il ne s'en retournerait pas complètement ignorant des merveilles de Paris.

La tête renversée, dilatant ses prunelles, la bouche bée, il considéra quelques moments la haute armature de fer qui grimpait vers le ciel.

« Hé, l'Arabe, lui cria en passant le cocher d'un fiacre en maraude, y en a pas comme ça dans ta contrée.

— Pour sûr, monsieur, répondit poliment Ali. »

Ils causèrent un instant et l'enfant profita de cette circonstance pour se renseigner :

« C'est-y par ici qu'es' la route de Bretagne? demanda-t-il.

— Tu es dans le bon chemin. Tu traverses le pont, tu suis l'avenue de Versailles et puis tout droit devant toi.... Seulement, il y a un bout de chemin. Tu ferais bien d'acheter un brin de saucisson et une miche de pain.

— Merci bien de votre obligeance. »

Ali, qui peu à peu redevenait Jojo, se sentait plus tranquille, maintenant qu'il était fixé sur l'itinéraire à suivre. Il prit sa course, s'approvisionna en passant, suivant la recommandation du cocher, puis sortit de Paris et s'en alla sur la route poudreuse, droit devant lui, comme on le lui avait indiqué.

ARRESTATION A PONT-COADOU

Donc, Jojo retournait à Kerbaradoz, et croyez bien qu'il ne flânait pas. Il avait une frousse intense

LA PAUVRE VIEILLE JAKETA AVANÇAIT PÉNIBLEMENT.

d'être poursuivi. La chose s'était passée le mieux du monde, en définitive, et parfois il riait en songeant à la tête qu'avaient dû faire Leurs Excellences en s'apercevant de la disparition du landaulet. Mais, on ne sait jamais ! Quelque voisin avait peut-être remarqué ce jeune chauffeur habillé en Turc ? Mohammed Fayoum et Ben Beni Souëf s'étaient peut-être renseignés sur la direction qu'il avait suivie ?

Alors, il ne riait plus, se retournait fréquemment et, pour ne pas être rejoint par les autos qu'il apercevait derrière lui, il mettait à la quatrième vitesse et dévorait l'espace à une allure fantastique.

Dans Meudon, il accrocha la voiturette d'une marchande de tomates dont la cargaison, projetée de toutes parts, retomba sur le sol en marmelade. En traversant Versailles, il porta le désordre dans une escouade de troupiers dont le sergent furieux l'attrapa de la belle façon.

Mais, dans un cas comme dans l'autre, il ne s'attarda pas à donner des explications et disparut comme un météore.

Il lui arriva même, vers Saint-Cyr, de franchir au vol une tranchée à gaz creusée en travers de la route et que, dans sa précipitation, il n'avait pas aperçue. L'auto fit un bond prodigieux et il lui sembla qu'il était lancé dans les nues. Mais la Providence permit que les pneus résistassent à la secousse et que lui-même retombât sur son séant, sans dommages graves.

Toutefois, comme ces incidents l'avertissaient d'agir avec plus de prudence et qu'il se sentait rassuré par la distance déjà parcourue, il mit un frein à son ardeur et continua son voyage plus posément.

Il avait quitté Paris sur les quatre heures de l'après-midi et, vers les huit heures du soir, traversait un hameau de quelques maisons, entre Nogent-le-Rotrou et le Mans.

Sur le bord de la route, il remarqua quelques villageois entourant un bonhomme affalé le long du talus. Celui-ci geignait lugubrement :

« Mon bon Jésus, miséricorde!... j'en peux plus.... Ayez pitié de moi, bonnes gens. »

Et, en même temps que ces plaintes lui entraient dans les oreilles, un paysan se détacha du groupe et, trottant à côté de la voiture dont Jojo avait instinctivement modéré la marche, il lui cria :

« Arrêtez, mon bon monsieur.... Sans vous commander, si c'était que vous voudriez bien prendre avec vous un pauvre vieux qui tient plus debout, ça serait une grande charité de votre part. »

Avant de connaître la réponse du jeune Dibidoub, il paraît indispensable que vous sachiez quel était ce piéton harassé, pour lequel on réclamait du secours.

Il suffira de vous décrire le vieux piéton affalé sur le bord de la route, pour que vous le reconnaissiez séance tenante.

Car, lorsque vous saurez qu'il était vêtu d'une livrée crasseuse, trop étroite pour lui, et d'un pantalon trop court, qu'une mauvaise casquette de toile cirée le coiffait, vous n'hésiterez pas à reconnaître la grand'mère Jaketa, affublée d'un costume de domestique masculin et gratifiée du nom de William par ses maîtres occasionnels.

Comment se trouvait-elle, à cette heure, entre Nogent-le-Rotrou et le Mans ? C'est ce qui s'expliquera tout naturellement, quand vous aurez lu ce qui va suivre.

En effet, dix jours auparavant, excédée des façons brutales des soi-disant Américains, soupçonnant, malgré la simplicité de son âme, qu'il y avait du vilain sous l'apparence de gens respectables qu'ils s'efforçaient de prendre, et enfin, désespérant de retrouver son petit-fils qu'ils ne s'occupaient guère de rechercher, en dépit de leurs promesses, la vieille femme, un matin, s'était sauvée de l'appartement de la rue d'Alésia.

Elle n'en pouvait plus !

Sous prétexte d'aller aux provisions, comme à l'ordinaire, elle avait fourré dans un panier, sa coiffe, son cotillon de femme. Elle y avait joint trois ou quatre oignons et quelques croûtons. Nous n'ignorons pas que cette nourriture sommaire lui suffisait. Au surplus, le billet de cinquante francs qu'elle avait touché, après l'engagement des bijoux au Mont-de-Piété, la garantissait contre les besoins imprévus. Mais, économe par nature, elle s'était décidée à s'en retourner à pied : le chemin de fer coûte si gros !

Aussi, se renseignant auprès des uns et des autres, elle était sortie de Paris, et, péniblement, à cause de son âge, elle avait trottiné le long de la grande route qui conduisait chez elle, tout au loin, au bout du monde.

Quand on a les jambes usées, on n'avance pas vite, et c'est avec peine qu'elle cheminait, à raison de vingt kilomètres par vingt-quatre heures.

De plus, elle avait tant de chagrin de revenir à Kerbaradoz sans ramener le cher petit perdu ! Souvent elle s'arrêtait pour essuyer les grosses larmes qui roulaient sur ses joues poussiéreuses. Son cher petit Jojo, où était-il ? Que faisait-il à cette heure ? Elle revoyait, à travers ses pleurs, le bon visage entouré de cheveux carottes.

Certes, il n'était pas beau, le garçon, mais à ses yeux de tendre grand'mère, il lui apparaissait dans ses douloureuses méditations comme le plus joli des jeunes gars de sa connaissance.

Bref, un soir, au crépuscule, n'en pouvant plus, elle s'était laissée choir sur le revers d'un talus où des cultivateurs, revenant de leurs champs, l'avaient trouvée, éperdue et dolente.

D'abord, ils avaient pris ce gros bonhomme mal ficelé pour un ivrogne :

« T'as trop bu, papa, c'est ça qui te gêne.... Tu ne peux pourtant pas coucher là.... C'est malsain pour les rhumatismes.... Les colimaçons vont te monter aux mollets.... Ouste ! lève-toi ! »

Elle en était bien empêchée. Dès que des bras vigoureux ne la soutenaient plus, elle s'effondrait à terre, continuant ses lamentations.

« Je vas mourir ! J'ai du plomb dans les pieds ! Ah ! mes pauvres gens ; je suis t'y encore loin de chez nous ?

— Où que c'est, chez vous ? Où que ça se trouve ?

— C'est en Bretagne.

— Vous n'y êtes pas, papa, vous n'y arriverez jamais tout seul. »

Oui, quelques-uns, de le voir si incapable de garder l'équilibre, le croyaient ivre.

« V'là ce que c'est, mon vieux, d'avoir bu un coup de trop.... Le vin, ça vous tourne sur le cœur quand il fait chaud.

— C'est bon par où qu'ça passe ; mais il faut s'en méfier. »

Les quolibets s'entre-croisaient et des discussions s'engageaient.

Les uns tenaient absolument à ce que le vieux fût complètement ivre.

Les autres, au contraire, ajoutaient foi à sa lassitude.... Quand à elle ou à lui, puisqu'elle était à la fois Jaketa et William, on n'en pouvait tirer d'autres renseignements que son éternel refrain :

« Je n'en peux plus.... J'vas mourir.... Je suis t'y encore loin de chez nous ? »

Or, ce fut sur ces entrefaites que Jojo survint dans son tardaulet.

Il avait bon cœur. La requête qu'on lui adressait l'émut. Il ne pouvait refuser une place à un vieillard fourbu qui, comme lui, n'avait pas la chance de parcourir dans une voiture rapide des lieues et des lieues.

« Si ça peut lui rendre service, je veux bien, répondit-il à la demande du paysan. »

On souleva le bonhomme et on le déposa sur le siège, auprès de l'enfant.

Grand'mère et petit-fils. ✍ ✍ Quel singulier hasard que celui qui réunissait ainsi la grand'mère et le petit-fils, là où ils ne pouvaient supposer l'un et l'autre qu'ils se rencontreraient !

Mais ils ne se reconnurent point.

Comment voulez-vous que Jojo, en pareille circonstance, songeât qu'il avait devant lui son aïeule, sous ce grotesque costume d'homme ? Quant à son visage sans coiffe, surmonté d'un couvre-chef masculin et dont les traits fatigués, défigurés, étaient barbouillés de sueur terreuse, ils étaient bien différents de ceux qui demeuraient dans son souvenir.

D'un autre côté, ce jeune Turc ne rappelait en rien le petit gardien du cochon Corbino dans le costume national, en chupen et en bragoubras, tel que Jaketa avait coutume de le voir naguère.

De plus, n'oublions pas que Benamadouche lui avait teint les cheveux en noir.... Aussi, continuèrent-ils leur course côte à côte et complètement étrangers l'un à l'autre.

Quand la grand'mère fut un peu reposée, elle dit à Jojo :

« Dieu vous bénisse, mon jeune monsieur. C'est bien gentil à vous d'assister un pauvre bonhomme dans le malheur. »

Et Jojo reprit : « Il n'y a pas de quoi. N'importe qui aurait agi tout pareil : on doit assistance à son prochain. De quel côté que vous vous dirigez?

— Je m'en vas tout à fait loin, du côté de Brest.

— Comme ça se trouve! Moi aussi. »

Mais, méfiants tous les deux, ils ne s'en confièrent pas davantage, ne prononcèrent pas le nom de Kerbaradoz et s'abstinrent de renseignements mutuels sur leur compte. Ils avaient encore la terreur, lui, des ambassadeurs du Béloutchistan, elle, des Américains.

Pourtant Jojo ne put s'empêcher d'ajouter :

« C'est drôle, vous avez la même voix qu'une bonne femme de mon pays, que j'aime bien.

— Et vous, celle d'un petit gars de ma connaissance. »

Puis, ils ajoutèrent en manière de conclusion :

« Après tout, c'est des choses qui arrivent. On a beau ne pas être du même coin, tous les gosiers se ressemblent. Il en sort forcément des paroles qui ont de la parenté. »

Ils ne savaient pas si bien dire.

La nuit était venue : les étoiles s'allumaient dans le ciel et le ruban de

DES CULTIVATEURS S'APPROCHÈRENT DE JAKETA PENGUIDIC.

la route se déroulait toujours devant eux, monotone et infini.

La tête de Jaketa oscillait de tous les côtés. Bientôt elle se pencha sur sa poitrine et le sommeil la prit. Jojo, lui, raidissait ses mains sur le volant. C'est un assez dur métier que celui de chauffeur. A plus forte raison pour un enfant de son âge. Mais, il avait hâte de toucher au but, de s'éloigner de plus en plus de ce Paris maudit, vers lequel il s'en était allé en sens inverse, sur cette même route, deux mois auparavant, la cervelle pleine de rêves chimériques.

La nuit s'écoula ainsi. L'auto roulait toujours. Vers l'aube, l'enfant eut froid ; mais il surmonta la défaillance à force de volonté ; d'autant plus qu'à l'aspect du pays, il retrouvait peu à peu son enfance.

Pourtant, comme huit heures du matin sonnaient à l'église d'un bourg qu'il traversait, il ne résista pas à l'envie de s'arrêter dans une auberge pour s'y restaurer.

Il se sentait très faible. Une bonne

LA VIEILLE FEMME FUT HISSÉE A COTÉ DE JOJO.

soupe chaude le remonterait. S'il eût reconnu dans les maisons qui l'environnaient celles de Pont-Coadou, où il avait eu à subir, lors de son premier passage, les invectives inexplicables de l'épicier bourru, sans doute il eût poussé plus loin.

Mais l'incident s'y était déroulé d'une façon si subite, on s'était éclipsé avec tant de précipitation qu'il n'avait pas eu le loisir d'examiner les lieux.

Aussi, sans hésiter, il vint ranger l'auto à la porte de l'hôtellerie du *Cheval blanc*; et invita son compagnon de route à descendre :

« C'est moi qui régale, » dit-il.

Quand on a de l'argent en poche, — et il en avait, puisque les ambassadeurs s'étaient montrés généreux, — il y a du plaisir à faire le grand seigneur.

Un bon déjeuner. ⌀ ⌀ Et, lorsqu'il eut remisé l'auto sous un hangar attenant à l'hôtellerie, il rejoignit son compagnon déjà attablé devant un verre de cidre en attendant une nourriture plus substantielle.

Elle apparut bientôt sous les apparences d'une potée au lard fumante et odorante.

Puis, il commanda des crêpes de blé noir avec des œufs cassés dessus, à même la poêle. C'est un plat cher aux estomacs bretons. Ils s'en régalèrent tout en causant.

« Comment que vous vous appelez? » demanda Jojo à son compagnon.

Elle serait tombée de confusion à

franchement avouer son nom de femme. Reconnaître qu'elle était déguisée en homme, jamais !

« J'ai nom Mathurin, reprit-elle.

— Et votre nom de famille?

— J'en ai pas.

— C'est comme moi. »

Il saisissait avec empressement ce prétexte pour ne pas se faire reconnaître. Les physionomies redoutables du trio de l'avenue Victor-Hugo emplissaient toujours son esprit. Il continua :

« Oui, je m'appelle Yousouf, tout court.

— Ça se peut bien, observa Jaketa ; et, dans quel endroit vous allez ?

— A Landernau.

— Et moi je m'en vas à Châteaulin.

— C'est dans la même contrée. Je vous déposerai pas loin de chez vous. Comme ça, il ne vous restera qu'une petite trotte à faire. »

Ils ne disaient pas la vérité, dominés par leurs préoccupations réciproques.

On leur servit des cerises pour dessert.

Jojo, tout en les mangeant, en pinçait les noyaux entre ses doigts et en bombardait les mouches qui pullulaient sur la table.

Le gars commanda du café, qu'ils lampèrent à petites gorgées.

« Il n'y a rien de tel que le café pour vous retaper, dit Jaketa.... Mais, je vous occasionne bien de la dépense, mon pauvre garçon.

— Ne vous tourmentez pas, j'ai le gousset bien garni.

— Maintenant, ça va comme un charme. Ça fait du bien de manger.... Et puis, j'ai dormi dans votre voiture.

— Moi non. Faut ouvrir l'œil pour conduire. Si ça ne vous fait rien, on va se reposer encore un petit peu avant de repartir. »

Il s'accouda sur la table, la tête dans ses mains. La vieille en fit autant et, dans leurs réflexions, passaient et repassaient les événements singuliers auxquels ils avaient été mêlés, lorsque l'arrivée de trois messieurs, qui causaient bruyamment, attira leur attention.

« Madame Nédélec, cria l'un d'eux à la patronne de l'auberge, trois cafés au lait bien servis, du pain et du beurre. »

Ils vinrent s'asseoir auprès de Jaketa et de Jojo. La table était grande, il y avait place pour eux.

La vieille femme et l'enfant n'osaient pas faire un mouvement. Quels étaient ces nouveaux venus qui les dévisageaient curieusement ?

Le costume de Jojo semblait les intriguer d'une manière toute spéciale et ils échangeaient des sourires en examinant la tournure cocasse du vieux domestique.

Pourvu que ces étrangers ne fussent pas des agents chargés de les arrêter !

Ils se trompaient peut-être sur le compte de leurs maîtres. Tout était si étrange dans leurs aventures réciproques ! Ils avaient peut-être eu affaire à de vrais ambassadeurs et à de vrais Américains. Tout s'embrouillait dans leurs pauvres cervelles. Par le télégraphe, on est vite renseigné. Pourvu, mon Dieu, qu'on n'ait pas découvert leur piste.

Ces yeux braqués sur eux les gênaient étrangement.

« On pourrait s'en aller, » murmura Jojo.

Et, ayant tiré de sa poche un billet de banque, il le posa sur la table à côté de lui et appela Mme Nédélec .

Emprisonnés ! ⌀ ⌀ Une minute ne s'était pas écoulée que les tenailles de six poings robustes s'abattaient sur leurs épaules. Ils étaient enlevés de leurs bancs et, sans un mot d'explication, enfermés, l'un, Jojo, dans la cave, l'autre, Jaketa, dans un cabinet attenant à la grande salle de l'établissement.

Tout en les entraînant, on les avait fouillés avec dextérité. Toutefois, on avait laissé au vieux le panier contenant ses hardes qu'il n'avait pas quitté, tout en mangeant.

Quand Jojo se trouva tout seul dans le noir, il eut d'abord un accès de rage. Il se jeta contre la porte, enfonçant ses ongles dans le bois et s'efforçant de l'ébranler ; mais elle était hermétiquement close.

La fatalité s'acharnait après lui. C'était à n'y rien comprendre. Au moment où il allait rentrer au bercail, à jamais corrigé du goût des voyages, voilà qu'on l'arrêtait comme un malfaiteur.

Un malfaiteur ! Ce mot le rappela à la réalité. C'est vrai, il avait volé. Il s'était emparé d'une auto qui n'était pas à lui. Oh ! mais, on reconnaîtrait la pureté de ses intentions ! Il s'expliquerait !... On reconnaîtrait son innocence. En attendant, il poussait des cris perçants, suppliant qu'on le délivrât.

Nul ne vint à ses appels, et il s'agenouilla sur le sol humide de la cave, secoué par des sanglots.

Cette atmosphère étrange dans laquelle il vivait depuis le jour maudit où il avait eu l'imprudence de monter dans l'auto jaune était trop lourde ! Cette succession de faits extravagants était trop confuse pour son intelligence. Infortuné Jojo ! la destinée l'accablait.

Pour Jaketa, ce qui venait de se passer la stupéfiait davantage encore. Que pouvait-on lui reprocher, à elle? N'avait-on pas le droit, maintenant, de quitter une place qui ne vous convenait point?

Au lieu de pleurer, comme Jojo, elle eut une poussée de révolte. D'ailleurs, l'endroit où elle se trouvait ne la portait pas au découragement comme son petit-fils.

C'était une chance qu'elle ne l'eût pas reconnu. Cette arrestation brutale lui eût été plus pénible encore.

Dans le cabinet, on y voyait clair à travers les persiennes fermées. L'idée lui vint immédiatement de s'échapper, et un bon génie lui suggéra la manière de s'y prendre.

Il la conduisit d'abord vers l'entrée

LES VOYAGEURS S'ASSIRENT A LA MÊME TABLE QUE JOJO ET JAKETA

de sa prison occasionnelle et elle constata qu'il était possible de dévisser la serrure, avec la pointe d'un couteau. Comme la plupart des paysannes, elle en avait un dans sa poche.

La serrure dévissée, la porte s'ouvrirait toute seule.

Bien, mais après, comment traverser la salle voisine qui donnait sur la rue, sans être remarquée?

C'est alors que le bon génie en question l'inspira plus utilement.

C'était un bonhomme que ces

LA VIEILLE BRETONNE OUVRIT LA PORTE.

méchants gaillards avaient enfermé dans le cabinet.

S'il en sortait une bonne femme, en coiffe bretonne, comme toutes celles du pays, et que cette bonne femme sût profiter d'un moment d'inattention des geôliers, qui donc s'apercevrait du subterfuge?

Or, dans son panier se trouvaient ses habits de femme.

Elle ne fut pas longue à les échanger contre sa défroque d'homme qu'elle mit à leur place.

Ensuite, pour ne pas laisser de traces de l'opération, elle accrocha le panier dans la cheminée, très haut sous le manteau, en dedans, de façon qu'on ne l'y découvrît point.

Après quoi, en ayant usé avec la serrure suivant ses intentions premières, par l'huis **entre**-bâillé, elle surveilla l'extérieur.

Les trois ennemis jouaient aux dominos, absorbés dans leur partie.

Mme Nédélec, la patronne, venait de s'absenter et nul autre témoin ne s'opposait à sa sortie.

Alors, bien tranquillement, avec une présence d'esprit à la hauteur des circonstances, la vieille femme s'en alla d'un pas mesuré.

On la prit pour une familière de la maison qui vaquait à ses occupations.

Un quart d'heure après, à travers champs et par des chemins détournés, plus sûrs que la route nationale, elle piqua droit vers Kerbaradoz où, au couchant, le troisième jour de sa fuite, elle arrivait sans encombre.

On avait bien envoyé son signalement à toutes les brigades de gendarmerie, après qu'on eut constaté sa disparition, mais c'était celui d'un bonhomme en livrée et en casquette plate.

Ça ne pouvait pas empêcher une brave femme, en robe bordée de velours et en bonnet de toile, dont les ailes flottaient au vent, de passer indemne entre les brigades de tous les cantons.

Il y a vraiment dans l'histoire que nous racontons plusieurs énigmes difficiles à pénétrer et leur solution se fait attendre.

Or, voici que nous nous trouvons en présence d'une autre.

Ces trois hommes qui viennent de coffrer d'une manière si rapide la grand'mère Jaketa et son petit-fils Jojo, sont ceux-là mêmes qui, sur l'injonction des gendarmes, durent arrêter brusquement l'auto verte dans laquelle ils se trouvaient et qui fit une prodigieuse culbute.

Ce sont eux toujours qui furent ramenés, plus morts que vifs, dans une voiture réquisitionnée, encadrée des représentants de l'autorité, au milieu des huées et des colères des habitants de Pont-Coadou.

Comment les hommes qui furent arrêtés par les gendarmes de Pont-Coadou ont-ils à leur service ces mêmes gendarmes qui semblaient auparavant chargés de les mettre en prison ?

Car nous allons les voir tout à l'heure contenir la foule hostile quand, le lendemain du jour de son arrestation, on fit sortir Jojo de l'auberge pour le conduire à la gare, où il allait prendre un train le ramenant à Paris.

Il n'y a aucun doute possible. Ce sont bien Lévêque, Masson et Girard, les trois voyageurs de l'auto verte, qui entourent notre garçon, au moment où il passe la porte du « Cheval Blanc ».

« Pour le coup, on en tient un. Ce n'est pas trop tôt ! »

Voilà la phrase qui sort de toutes les bouches, accompagnée de gestes irrités, tandis que Jojo s'avance honteux, les menottes aux mains, entre deux haies de visages malveillants.

Le pauvre diable est bien convaincu qu'on s'est emparé de lui, parce qu'il a volé le landaulet de Leurs Excellences Mohammed Fayoum Pacha et Ben Beni Souëf Effendi.

Pourtant, dans le fond de sa conscience, il ne peut croire qu'il est un voleur. Il voudrait s'expliquer. Il a tenté, à plusieurs reprises, dans le wagon où on l'a fait monter, de lier conversation avec Lévêque, sous la garde duquel il revient à Paris. Les autres, Girard et Masson, ont pris place dans le landaulet et se sont dirigés aussi vers la capitale. Mais Lévêque ne veut pas parler.

Alors, le petit prisonnier s'est blotti dans un coin du wagon, et il pleure. Il se voit montant à l'échafaud ; il regarde en tressaillant de honte les menottes qui enserrent ses poignets.

Et son accoutrement le fait remarquer. Le compartiment où il se trouve est réservé. Mais à chaque station, des voyageurs distraits tentent de s'y introduire et montrent leurs visages à la portière. Lévêque les renvoie, mais ils ont eu le temps de voir ce jeune Turc pitoyable.... Ils s'informent, ricanent et le traitent de la belle sorte :

« Encore un sale Levantin... un marchand de tapis ! C'est tous des fripons. On a raison de les coffrer. Des chapardeurs ! Des propres à rien ! »

Il en entend de toutes les couleurs, et sa désolation s'en accroît. C'est lui Jojo Dibidoub qu'on emmène en prison, lui qui n'aurait pas ramassé sur la route la plume tombée de l'aile du poulet d'un voisin.

JOJO SORTIT DE L'AUBERGE AU MILIEU DES HUÉES.

Lui qui n'a jamais dérobé une pomme dans le jardin d'autrui !

Par instants, des frissons le secouent de la tête aux pieds, comme s'il sentait déjà sur la nuque le froid du couperet de la guillotine !

Si bien que Lévêque finit par en avoir pitié.

« Puisque tu n'es pas méchant et que tu ne fais pas de rouspétance, je vais t'enlever tes menottes. Ça sera moins humiliant pour toi. On ne s'avisera pas que je t'emmène en prison. »

En ce bas monde, il n'est si dure épreuve qui n'ait une fin, et l'on entra en gare de Paris. Dans d'autres conditions, ce voyage en chemin de fer eût enchanté Jojo, lui qui jamais n'avait mis les pieds dans un train, et tout ce brouhaha de l'arrivée l'eût sûrement comblé d'un étonnement joyeux.

Ce n'est pas l'impression qu'il en éprouva. La vue de ce tumulte, de cet encombrement de voyageurs se croisant en tous sens, en traînant des colis, cette foule se pressant aux tourniquets de sortie à la rencontre d'amis, de parents, lui suggéra subitement une audacieuse résolution : s'évader !

Il passa immédiatement du rêve à l'action.

La fuite de Jojo. Ø Ø Profitant d'un remous dans lequel Lévêque tourbillonnant dut lâcher un instant son bras, il se baissa, passa entre les jambes d'un voisin, se faufila à travers une multitude de robes et de pantalons.

Quand il eut un peu d'espace devant lui, il s'élança au hasard, dégringola des escaliers et éperdument piqua dans un écheveau de voitures dont il eut la chance de se tirer indemne.

Il était déjà loin quand son compagnon constata son absence. Il cria de toutes ses forces : « Arrêtez-le ! Arrêtez-le !... » Mais son appel amena plus de désordre encore et ne fit que provoquer des batailles, entre gens parfaitement innocents et qui se prenaient mutuellement pour du gibier de prison.

Qui fut penaud ? Ce fut Lévêque.

Maintenant Jojo déambulait par les rues, d'un pas précipité, sans but certain, s'éloignant le plus vite possible de la gare Montparnasse.

Une autre idée fixe le persécutait : Se débarrasser de son fez, de sa veste brodée, de ses culottes bouffantes, de ses bas de soie, de ses babouches, de tout cet attirail exécré qui lui rappelait ceux d'où venait tout son malheur... et qui surtout le signalait à l'attention.

Or, c'était le moment ou jamais de passer inaperçu.

Seulement, en tâtant le devant de sa veste, il ne sentait plus, sous l'étoffe, le cher portefeuille contenant sa fortune. Il en avait été soulagé par les fâcheux inconnus, auteurs de son arrestation.

Il ne pouvait donc songer à faire l'emplette de vêtements pareils à ceux de tout le monde.

Il battait le pavé, ne sachant où diriger ses pas et plongé dans un marasme insondable.

Il marchait depuis quelque temps déjà, ignorant dans quel arrondissement il évoluait, lorsque l'ombre fraîche d'un jardin public, sous laquelle des bancs s'alignaient, l'invita au repos.

C'était le square de la Tour Saint-Jacques, en plein cœur de Paris, d'où les habitués sont, pour la plupart, gens du peuple ou petits bourgeois.

Il choisit un banc où était assis déjà

LÉVÊQUE POUSSA UN CRI.

un de ces gamins de la grande ville, à mine éveillée, à tournure accorte, dont il pensait n'avoir rien à redouter. Celui-là n'en était pas de la police, certainement !

En se laissant choir sur le banc, il poussa un « ouf » si sonore, que le gamin lui dit sans plus de façons, avec son accent faubourien :

« T'as l'air esquinté, mon vieux. Tu arrives peut-être de Constantinople ? Doit y avoir un bout de chemin.

— Oh ! non, monsieur, reprit Jojo ; je me promène, et Paris est grand.

— Pour sûr tu es fatigué. »

Le gamin, familièrement, passa la main sur ses genoux.

« Oh ! là là ! quelle culotte ! C'est de la soie !... On est richement ficelé par chez toi. Tu voyages sans doute pour ton plaisir ?

— Oh ! non, soupira Jojo.

— Alors, quoi ? T'es marchand de cacaouettes ?

— Je ne sais pas ce que c'est que ces bêtes-là. »

L'autre rit bruyamment, en agitant les jambes, ce qui fit peur aux moineaux sautillant autour d'eux.

« On voit bien que tu viens des

pays sauvages. T'as pas pour quatre sous d'instruction.

— Quatre sous, ne put s'empêcher de répéter Jojo, que ces mots ramenaient à sa triste situation... quatre sous ! J'en ai même pas un dans ma poche.

— Tu m'étonnes. Habillé comme te v'là, je te croyais millionnaire.

— Ah! bien, oui ! J'étais groom.

— Je devine. Tes patrons t'ont flanqué à la porte. Tu ne faisais rien ?

— C'est ça même. »

Jojo préférait ne pas discuter pour en finir avec cet interrogatoire gênant.

« T'as qu'à te présenter dans un bureau de placement. Y n'manque pas de gens qu'ont besoin de domestiques.

— J'sais bien. Seulement, ça plairait pas à tout le monde d'avoir un domestique habillé comme je suis.

— Tu as qu'à te procurer un autre costume.

— J'ai pas d'argent pour en acheter.

— T'es rien empoté. Troc pour troc ! Je connais un honnête commerçant qui

demandera pas mieux que de faire l'échange.

— C'est vrai?... C'est bien vrai? insista Jojo dont les regards s'éclairèrent.

— Tu vas voir si c'est vrai.... Viens avec moi. »

Changement de costume. ◙ ◙ Il emmena notre Breton dans une petite rue aux environs de l'église Saint-Paul, où se trouvait un magasin de vieilleries. Ils s'arrêtèrent à la devanture, où, précisément, parmi des vases fêlés, des bicyclettes rouillées, des piles de livres à couvertures maculées, des chapeaux, des souliers, des marmites, tout un chaos d'objets et d'ustensiles bossués, déformés, moisis, se balançait au vent un complet jaunâtre, à carreaux, à peu près de la taille de Jojo.

« Voilà ton affaire, dit le gamin. Laisse-moi négocier le marché. »

Il appela :« Monsieur Givrette.... Monsieur Givrette.... »

Un personnage à la tignasse cendrée, frisée en laine de mouton, porteur d'un nez formidable en bec de vautour et aux lèvres épaisses se présenta sur le pas de la porte.

« Ne crie pas si fort, petit malhonnête ! Je ne suis pas sourd. Qu'est-ce qu'il y a donc, Gugusse?

— Y a, m'sieu Givrette, que je vous amène un client. »

Le fripier jeta des yeux étincelants sur les beaux habits de Jojo :

« Prenez la peine d'entrer, mon jeune ami. »

Ils pénétrèrent dans la boutique aussi encombrée que l'étalage.

« Voici ce dont il s'agit, » déclara Gugusse, ainsi qu'on l'avait appelé, et, désignant son compagnon : « Ce moricaud en a assez de traîner sur son dos une défroque d'Asiatique.

— C'est bon ! Je suis acheteur, à condition que ce ne soit pas trop cher. Le commerce ne va pas du tout, pour le moment.

— On la connaît. Le commerce ne va jamais quand c'est pour acheter. Quand c'est pour vendre, il va très bien, au contraire. Eh bien. Ce n'est ni pour acheter ni pour vendre, ou, si vous préférez, c'est pour les deux à la fois. C'est pour échanger.

— Je veux bien, alors. »

Jojo, impatient, prit aussitôt la parole :

« Je vous laisserai les habits que je porte si vous voulez me donner à la place le costume à carreaux qui est pendu devant la boutique.

— Hein! Un magnifique complet, pure laine, en drap anglais. On pourrait s'entendre si vous ajoutiez un billet de dix francs. »

Un nuage de tristesse assombrit Jojo. Comment payer ces dix francs !

Mais le gamin, auquel n'avait pas échappé la convoitise du marchand et qui, tout ignorant qu'il fût de la qualité des étoffes, soupçonnait que la soie et le velours des vêtements du petit Turc valaient cent fois le drap anglais du complet, en assez piteux état d'ailleurs, le gamin intervint aussitôt :

« Vous nous ennuyez, monsieur Givrette. C'est à prendre ou à laisser. Vous ferez l'échange sans réclamer un sou... et même vous me donnerez vingt sous pour la commission... Ça va-t-il ? »

Cette proposition fut accueillie par des lamentations. Jojo était sur des charbons ardents et le gamin s'impatientait. Il brusqua les choses et alla dépendre le complet.

« Mets-moi ça, fit-il au jeune Breton. Tout ça, c'est des simagrées. Il en grille d'envie, le marchand ! »

Jojo paya d'audace. En un tour de main il se déshabilla, et tout de suite la transformation fut opérée.

Le marchand abattit ses mains sur le beau costume qui gisait à terre, et se rendant compte de la finesse des tissus, il se montra plus conciliant.

« Je suis trop bon... Je ne sais pas refuser de rendre service. Je mourrai sur la paille.

— C'est bon.... C'est bon... » ricana le gamin.

D'autorité, il alla chercher un vieux chapeau dont Jojo se couvrit la tête, et des brodequins éculés, dont il le chaussa lui-même.

Givrette poussa des cris.

Lui et le gamin commencèrent à se disputer.

Jojo en profita pour s'en aller.

Il se sentait maintenant les épaules légères, les pieds agiles. Les yeux des passants n'allaient plus être braqués curieusement sur lui.

Dans sa hâte de jouir de la liberté, vêtu comme tout le monde, il fut ingrat : il oublia de remercier le gamin de Paris.

Celui-ci, qui tenait à son pourboire, ne s'avisa pas de son départ, et les éclats de sa voix se perdirent dans le lointain, alors que son ami d'une heure débou-

chait dans la rue Saint-Antoine et se perdait parmi la foule.

Quelle cohue ! Que de monde ! « Tant mieux, pensait Jojo. Autant découvrir une épingle dans une botte

LE FRIPIER S'AVANÇA VERS LES ACHETEURS.

de foin que de me dénicher dans un pareil fourmillement ! »

Il était ahuri. Les mains dans les poches de son complet à carreaux, il regardait les vitrines. En d'autres temps, qu'il eût trouvé Paris splendide ! Mais ce n'est pas ainsi qu'il avait espéré y promener sa flânerie. L'avenir était bien sombre.

Tout seul, sans un sou, sans gîte, qu'allait-il devenir ?

Chez les charcutiers et les marchands de comestibles, il jetait des yeux d'envie sur des tas de choses succulentes, dont il connaissait le goût, ayant été à bonne table, avenue Victor-Hugo.

Mais cet étalage de victuailles n'en creusait que plus profondément un trou dans son estomac. Il n'avait rien mangé depuis le matin. Cela ne rend pas gai, d'ordinaire, et quand, à la disette, s'ajoute la certitude de n'avoir pas même une paillasse pour s'étendre, il en résulte qu'une nuée de cafards s'abat sur vous.

Devant un hôtel privé, dans l'avenue des Champs-Élysées, où ses pas l'avaient conduit, Jojo vit un rassemblement autour d'une porte cochère grande ouverte. C'était un va-et-vient ncessant de voitures, le long du trottoir. Des garçons de son âge couraient dans tous les sens, hélant les cochers et les ramenant en face de l'hôtel, où des beaux messieurs et des belles dames les attendaient, pour y prendre place. Il remarqua qu'on récompensait les commissionnaires par de généreux pourboires.

Il voulut en faire autant, mais il lui manquait la manière. Il ne savait pas dire : « Mon prince, faut-il vous amener votre 100-chevaux ? » ni crier, sur un ton convenable : « Joseph, le chauffeur du 3 de la place Malesherbes ! »

Aussi n'eût-il aucun succès. C'est tout au plus si une jeune ouvrière qui regardait curieusement les toilettes dès élégantes, lui donna deux sous par commisération, ayant remarqué qu'il n'obtenait aucun succès dans toutes ses tentatives. Les filles du peuple, parfois, sont plus pitoyables que les beaux messieurs et les belles dames.

Cela lui permit de se payer un petit pain qui calma quelque peu sa fringale et qu'il arrosa d'une timbale d'eau, remplie à une fontaine Wallace.

A travers les nuages de poussière qui montaient du sol, au milieu du porche gigantesque de l'Arc de Triomphe, le soleil, comme une grosse boule rouge, sombra dans le ciel mauve. Il pensa à de semblables couchants, là-bas, au bout de la lande de Kerbaradoz.

C'était l'heure, où, ramenant Corbino au logis, il y trouvait sa grand'mère Jaketa. Elle était là, la bonne grand'maman, assise auprès de son rouet, devant la cheminée. Dès qu'elle l'apercevait, vite elle se levait et s'en allait trottinant vers la table. Elle lui tendait une écuelle de soupe qu'il mangeait à belles dents ; puis elle le bordait dans son lit, où il faisait si chaud, où on dormait si bien sur une couette de duvet.

Oh ! comme la solitude l'accablait !

« J'suis t'y puni, j'suis t'y puni d'avoir eu de l'ambition ! » marmonnait-il, comme cela lui était arrivé déjà dans les mauvais passages.

Les réverbères s'allumaient un à un. Il marchait toujours, bien las, courbé en deux, traînant ses pieds. La circulation diminua. Il marchait toujours encore !

Parfois, il rencontrait des hommes tout noirs, portant une épée au côté qui faisaient les cent pas d'une manière bourrue, lui semblait-il. Sans en avoir jamais vu, il devina que ces hommes devaient être des sergents de ville.

Il avait peur. Il allait à l'aventure, n'osant pas s'arrêter. A la fin, ses jambes se raidirent. Des piqûres le tourmentaient autour des paupières et il bâillait à pleine mâchoire. N'y tenant plus, il s'allongea sur un banc et s'endormit profondément.

Quand il se réveilla, l'aube naissait.

Penché sur lui, un être singulier le considérait attentivement.

Ses joues étaient couvertes d'un poil hirsute, blanc jaunâtre, ses yeux disparaissaient sous un lorgnon bleu, dans l'ombre d'un chapeau haut de forme en accordéon. Il était vêtu d'un pardessus, autrefois couleur noisette, rapiécé de morceaux disparates, et il portait sur le dos un panier mannequin d'où débordaient de vieux papiers, la carcasse d'une langouste et une casserole sans fond.

Enfin sa main droite brandissait un long crochet de fer, dans le genre de ceux dont se servent les pêcheurs de crabes, au pays de Jojo.

Ce spectacle effraya notre garçon, qui, mal éveillé, prêta à l'homme une attitude hostile, qu'il n'avait pas en réalité.

« Encore un qui m'en veut, » pensa-t-il, d'autant plus que le fantôme articulait ces mots complètement incompréhensibles :

Dormire sub astra periculosum est, ce qui signifie à peu près : « Il est dangereux de coucher à la belle étoile. »

M. HONORÉ ROGATON

ET, Jojo s'étant mis sur son séant, cette conversation s'engagea entre l'homme au chapeau à haute forme en accordéon et lui :

« Tu vas inquiéter ton papa et ta maman, de n'être pas rentré à cette heure-ci, mon petiot... »

Cela fut dit d'un ton bienveillant qui

fit revenir l'enfant de son impression première. Il en fut attendri et c'est en pleurnichant qu'il riposta :

« Ils sont morts.

— Qu'est-ce que tu fais là ?

— Je dormais.

— Je vois bien. Mais c'est malsain de dormir en plein air. C'est ce que je te disais tout à l'heure, en latin.

— Ah ! c'est du latin !

— Mais oui... et du bon ! Tu n'as donc pas été au collège ?

— Oh ! non, monsieur.

— Alors, qu'est-ce que tu fais de ton état ?

— Je suis domestique.

— Domestique sans place, naturellement. Je devine ; on t'a donné congé. Sans ça, à cette heure-ci, tu ne ferais pas la sieste au bel air ! T'aurais mieux fait de coucher à l'hôtel. C'est pas sain, la fraîcheur, pour la gorge.

— J'ai pas d'argent.

— Comment que ça se fait? Tes maîtres t'ont pas payé ?

— Si, mais... on m'a volé. »

Dans le fond, Jojo ne croyait pas mentir, et puisqu'il ne trouvait rien à se reprocher, il considérait comme des voleurs ceux qui l'avaient dépouillé de son portefeuille.

« Faut-il qu'il y ait des propres à rien ! Dépouiller un enfant ! Si je connaissais ceux qui t'ont chipé ta monnaie, je les arrangerais comme il faut. »

On ne se serait pas attendu à rencontrer sous cet accoutrement inaccoutumé, dans les rues de Paris, à trois heures du matin, un individu professant des sentiments aussi généreux.

Il continua de questionner l'enfant :

« Alors, qu'est-ce que tu comptes faire ? Tu es dans le pétrin jusqu'au cou. C'est une mauvaise position. Où vas-tu aller?

— Je ne sais pas.

— Mais c'est justement ce qu'il faut savoir. Tu as une bonne figure. Si je peux t'être utile, je ne demande pas mieux. »

Cette générosité d'un inconnu mit Jojo en sympathie et il se confondit en remerciments. Quand, un instant après, cet inconnu lui demanda son nom, il répondit franchement :

« Jozon Dibidoub, de Kerbaradoz, en Basse-Bretagne.

— Tu ne demeures pas tout près. Je comprends pourquoi tu n'es pas rentré chez toi, quand tes maîtres t'ont mis sur le pavé. Ecoute : j'ai besoin d'un petit commis. Si tu veux, je te logerai et je te nourrirai. Ça te va-t-il?

— Si j'ai les capacités voulues, ça sera avec grand plaisir.

— Oh ! Ça n'est pas malin. Tu m'aideras dans ma besogne.

— Laquelle ?

— C'est juste. »

Il fouilla dans sa poche et d'un calepin fortement usagé il tira une carte de

JOJO VIT LE SOLEIL SE COUCHER DERRIÈRE L'ARC DE TRIOMPHE.

visite jaunie. Il la tendit à Jojo avec une certaine solennité.

« Sais-tu lire?

— Un petit peu.

— Eh bien, lis.... »

La carte était ainsi libellée :

MONSIEUR HONORÉ ROGATON

Bachelier ès lettres.
Ancien Conférencier
Chiffonnier.

Et, au-dessous, au crayon, était tracée cette adresse :

Quatrième maisonnette du terrain vague.
Porte de Vanves.

Jojo eut beaucoup de mal à démêler tant d'écriture, mais il fut rempli de considération pour quelqu'un dont les titres étaient aussi nombreux et l'adresse aussi longue.

D'ailleurs, il reçut aussitôt quelques explications complémentaires qui le

« QU'EST-CE QUE TU FAIS LA ? » DEMANDA LE CHIFFONNIER.

convainquirent de souscrire spontanément aux offres obligeantes de M. Honoré Rogaton.

« Oui, développa ce dernier, je ramasse des chiffons, au petit matin, quand les gens sont encore au lit. Dame ! Faut se lever de bonne heure. Pour le reste, ce n'est pas malin. Il n'y a qu'à fouiller dans les poubelles, autrement, les boîtes à ordures, avec un crochet comme celui-là. Quand on trouve un débris d'étoffe, un morceau de fer-blanc, un bout de cigare, pan, on l'accroche et, d'un coup sec, on l'envoie dans la hotte qu'on a sur le dos. Le tour de main s'apprend vite. Je te montrerai. Tu me plais. Tu as l'air d'un bon enfant. Acceptes-tu, Jojo Dibidoub ? »

A sa place, n'est-ce pas, vous auriez accepté. C'était le salut pour un enfant sans abri. Aussi furent-ils d'accord tout de suite.

Quel est ce M. Rogaton ? Ø Ø Avant de poursuivre plus avant, comme il

paraîtra certainement extraordinaire qu'un ancien conférencier, bachelier, en fût arrivé à exercer un métier considéré, à tort ou à raison, comme tout à fait inférieur, il est indispensable d'éclairer un peu le passé de cet Honoré Rogaton.

Dès son enfance, il s'était signalé par les fantaisies les plus cocasses, et il atteignait à peine l'âge d'adolescent qu'on le considérait dans son entourage comme un peu toqué.

Il s'adonna surtout, pendant le cours de ses études, à l'élevage des vers à soie, au dressage des hannetons et autres fantaisies, telles que de tenir une toupie en équilibre sur son nez et de marcher sur les mains, en tirant la langue.

Cela explique qu'il se présenta aux examens du baccalauréat sept fois de suite et qu'il n'enleva le diplôme qu'à la huitième seulement. Ce fut plutôt d'ailleurs pour le récompenser de sa persévérance que de son mérite.

Comme il avait l'humeur foncièrement joviale, ce séjour prolongé sur les bancs du collège n'usa que ses culottes sans altérer sa gaîté.

Malgré ces pénibles antécédents, il imagina de donner des conférences, qui aboutirent à l'échec le plus complet.

Car il se révéla l'instigateur d'une méthode d'instruction aussi originale que déplorable : « l'Enseignement-polka ».

Il professait que la danse ne développe pas seulement les jambes, mais encore l'esprit, et il prêchait d'exemple, en cadençant des mots latins sur des airs sautillants :

Epi-tome histo-riæ Grecæ
De vi-ris il-lustri-bus Ro-mæ.

Et il fallait voir comme il se décarcassait en mêlant ces syllabes classiques aux pas les plus échevelés.

Cette méthode déplut souverainement à ses rares auditeurs, si bien qu'Honoré Rogaton, affligé d'une réputation déplorable, ne trouva plus devant lui que des banquettes vides.

Soit que ces conférences répétées et stériles l'eussent altéré, soit qu'il eût un penchant de nature pour la bouteille, il aggrava son cas par des libations fréquentes, si bien qu'il déchut rapidement de son rang social et, de dégringolade en dégringolade, il en fut réduit à la profession sans éclat qu'il exerçait présentement.

Jojo a un ami. ∅ ∅ On a vu par ce qui précède que l'adversité n'avait pas endurci son cœur. En outre, il était demeuré foncièrement honnête. Quand, dans ses opérations nocturnes, il trouvait quelque objet de valeur, jeté par mégarde à la voirie, il était accoutumé sans nul effort, et en refusant dignement toute récompense, de le déposer le jour même au bureau de police.

Ce vieil original ne se plaignait jamais de la destinée et se rehaussait à ses propres yeux, en émaillant ses propos de citations latines, comme on s'en est aperçu déjà.

Il n'était pas fâché d'avoir quelqu'un sous la main pour le bombarder de sa science et il ne manqua pas de dire, tandis qu'il regagnait sa baraque de Vanves, toutes les fois que les mouches, attirées par les relents de sa hotte, se posaient sur son cou :

« *Puer, abige muscas !* »

Ce qui ne l'avançait guère, son apprenti n'y entendant rien et n'étant pas capable d'y jamais rien entendre.

Il faut ajouter qu'il avait les reins moulus, et qu'il ressentait des courbatures dans les omoplates, conséquences forcées d'une position horizontale et prolongée sur une planche de bois dur.

Aussi, malgré les citations latines d'Honoré Rogaton, entremêlées de plaisanteries et de calembours, il trouva le trajet fort long des environs de la place de l'Etoile à la porte de Vanves.

Arrivé au but, il se trouva en présence d'une habitation qui, toute proportions gardées, rappelait assez bien une cabane à lapins. Elle était imparfaitement couverte de papier goudronné. Une seule fenêtre aux vitres fêlées en éclairait l'intérieur, et il fallait passer, pour y pénétrer, sous une porte basse, surmontée de cette inscription en majuscules rouges, inégales et tortueuses :

PARVA DOMUS, MAGNA QUIES

Ce qui signifie :

PETITE MAISON, GRAND REPOS

Ce fut celui que Jojo y goûta, couché sur des sacs de chiffons que son hôte lui assigna comme lit, et il faut croire qu'il s'y trouva bien, car il ne se réveilla

qu'à quatre heures de l'après-midi.

En ouvrant les yeux, il aperçut la physionomie sympathique du chiffonnier, assis devant un litre de vin et fumant une pipe dont la fumée se mêlait à celle d'un plat copieux de pommes de terre.

Quand il en eut absorbé une douzaine et qu'il eut vidé deux fois son verre, lequel, pour être franc, n'était autre qu'un vieux pot à confitures ébréché, il considéra l'existence sous des couleurs moins noires.

Il fut bien forcé, cependant, de constater qu'il y avait une grande différence entre sa résidence actuelle et les somptueux appartements de l'avenue Victor-Hugo.

Il n'y avait là que quelques meubles boiteux, émergeant d'un amas d'objets sans forme et sans nom. Le seul ornement consistait dans le diplôme d'Honoré Rogaton, pendu au mur et encadré d'une baguette dorée, où des générations de mouches avaient laissé leurs traces.

Le chiffonnier amena Jojo devant le cadre et, plein d'importance, lui dit ce simple mot :

« Salue ! »

Ce que fit Jojo de confiance, car il

LE CHIFFONNIER PROPOSA A JOJO DE LE SUIVRE.

ne s'expliquait nullement l'importance de ce parchemin.

« Je n'espère pas, lui dit-il, que tu parviennes jamais à décrocher un pareil témoignage d'érudition, mais je compte cependant t'inculquer quelques éléments du noble langage de Cicéron et de Virgile. Ma méthode n'a rien de rebutant, comme tu vas en juger. »

Immédiatement, prenant les mains

LA PETITE MAISON DE M. ROGATON

de Jojo, il se mit à dansoter allègrement, malgré le poids des années. L'enfant l'imita.

Il fredonnait la première déclinaison de la grammaire latine sur l'air de *La mère Michel qui a perdu son chat* :

Rosa, Rosa, Rosæ, Rosæ, Rosam, Rosa,
— Rosæ, Rosæ, Rosarum, Rosis, Rosas.
Rosis.

Et bientôt cette nomenclature, assez facile à retenir, chanta aussi dans la tête de l'enfant, qui mêla sa voix grêle à l'organe profond et rocailleux du professeur Honoré Rogaton.

Ils ne s'arrêtèrent qu'à bout de souffle.

« Maintenant, au travail qui ennoblit l'homme, » déclara le vieil original, et il conduisit son élève devant un assemblage de loques variées qu'il s'agissait de trier.

Jojo montra bien vite d'excellentes dispositions et fut satisfait de son sort.

Le chiffonnier le fut aussi de son commis. Une seule chose l'étonna. C'est que ses cheveux noirs retournassent peu à peu au rouge.... Parbleu.

la teinture de Benamadouche n'était pas renouvelée. Mais Rogaton, qui croyait avoir la science infuse, attribua ce phénomène à la croissance, dans un autre milieu. « Le climat influe sur la sève capillaire, » proclama-t-il.

Les tournées matinales dans Paris furent pour Jojo des sujets d'admiration toujours renouvelés. Il écoutait avec déférence, mais sans en retenir un mot, les doctes explications de son maître devant les principaux monuments.

Il préférait même le silence et le calme de ces heures indues au tumulte qui l'avait tant incommodé le jour où il avait déguerpi, si prestement, d'entre les mains de Lévêque, à la gare Montparnasse.

Il ne tarda pas à témoigner la plus déférente confiance à son bienfaiteur et il s'enhardit à lui dire :

« M'sieu Rogaton, vous qu'êtes si savant, si c'était un effet de votre bonté d'envoyer un petit mot d'écrit à ma grand'mère pour lui donner de mes nouvelles, ça me ferait bien plaisir.

— En effet, reprit celui-ci. J'aurais même dû te le proposer. *Deferentia erga parentes, virtus...* on ne doit jamais oublier ses parents ! »

Et il calligraphia sur une carte postale ces lignes bien senties, qui révélaient son ancien usage du monde.

« Madame,

« J'ai l'honneur de vous informer que votre petit-fils Jojo Dibidoub est en parfaite santé.

« Je l'ai pris à mon service et il m'aide dans mon commerce avec adresse et ponctualité.

« Je suis heureux de porter ce fait à votre connaissance et je ne doute pas qu'il vous sera agréable de l'apprendre. Cet excellent enfant est dans l'inquiétude à votre sujet et il vous serait obligé de lui faire passer de vos nouvelles.

« Il me charge de vous transmettre ses baisers les plus tendres et je me permets d'y joindre mes respectueux hommages.

« HONORÉ ROGATON,
bachelier ès lettres, ancien conférencier, chiffonnier. »

Ce fut une grande joie pour Jojo de penser que sa bonne maman saurait enfin ce qu'il était devenu. Rappelons qu'il lui avait été impossible, sous la surveillance rigoureuse du terrible Bena-madouche, d'expédier la moindre mis-sive, et que sa tentative avait échoué lorsqu'il avait attaché une lettre sous le ventre du chat noir. C'était pourtant pas mal combiné, n'est-ce pas ? mais il avait fallu que cet imbécile de minet se fît prendre.

Depuis lors, les événements s'étaient précipités de telle sorte qu'il n'avait pas eu le loisir de jeter un mot à la boîte. Après la liberté recouvrée, son dénû-ment fut tel qu'il n'aurait pu se payer un timbre pour l'affranchissement.

Enfin, n'ayant pas reconnu la bonne femme Jaketa, quand ils s'étaient ren-contrés sur la route de Bretagne, et celle-ci l'ayant également ignoré, ils demeu-raient dans une incertitude réciproque sur leur compte.

Il fut donc très reconnaissant au « Père Mentor », comme Rogaton l'avait engagé à l'appeler, par réminiscence classique, du grand service qu'il venait de lui rendre. D'ailleurs, c'était un brave homme qui ne le grondait jamais et dont les saillies continuelles chas-saient peu à peu les mauvais souvenirs de l'esprit de Jojo. On ne s'ennuyait jamais avec un pareil homme qui avait appris dans des livres imprimés des tas de belles histoires, qui lui coulaient de la bouche tout naturellement, comme l'eau du goulot d'une pompe.

Et puis, il ne vous rudoyait pas comme le terrible concierge de l'ave-nue Victor-Hugo !

Toutefois il demeurait encore dans le tréfonds de son âme une peur invé-térée des personnages indéchiffrables avec lesquels il avait vécu. Plusieurs fois, il avait été sur le point de confier à l'ancien conférencier toute sa véri-table histoire.

Les mots s'arrêtaient dans sa gorge au moment d'en sortir. Rien que d'y penser, il se voyait saisi, ligoté, et jeté dans un réduit obscur, comme le fou des combles de l'avenue Victor-Hugo.

Mais, pour bien marquer sa grati-tude, il s'appliquait à son travail avec beaucoup d'entrain, d'où une légère amélioration dans les petits profits du chiffonnier.

Honoré Rogaton n'ayant jamais le sens de l'économie, cela passait en superflu.

Une fois même, il paya le spectacle à Jojo. Ce soir-là, il tira du fond d'une caisse, où dormaient quelques vestiges du passé, un habit noir lustré aux manches et dont les basques étaient effilées. Il n'hésita pas à faire donner un coup de fer au chapeau haut de forme, en accordéon, dont la splendeur retrou-vée ne dura qu'une couple d'heures, hélas ! Puis ils s'en furent, bras dessus bras dessous, au théâtre du Châtelet, voir une grande féerie en 42 tableaux :

Topinambour le Barbu !

Jamais l'enfant de Kerbaradoz n'a-vait été à pareille fête. C'était autre chose que le cinéma de Châteaulin !

Cette fois le rêve de naguère s'était réalisé. Il était entré pour de bon dans le royaume de féerie, dont les palais dorés, les cortèges étincelants, les princes et les princesses, les joyaux radieux et les festins magnifiques avaient hanté ses visions, sur la lande ! Mais ce n'avait été que le mirage d'un soir.

Quelle que fût la bonté d'Honoré Ro-gaton, combien elle était différente de celle de sa grand'mère. Cette cité de chiffonniers de la porte de Vanves, dans

M. ROGATON SORTIT UN VIEIL HABIT DE SA MALLE.

laquelle il vivait, comme on y man-quait d'air ! On n'y sentait jamais pas-ser le vent du large. Il n'y poussait ni bluets, ni coquelicots, et souvent il se surprenait à gémir : « Où es-tu, Cor-bino ? »

DES NOUVELLES DU PETIT-FILS

C'EST une opinion généralement admise que les cochons ne sont pas intelligents, et Corbino, dont Jojo Dibidoub regrettait la fréquentation, ne semblait pas faire exception à la règle.

N'avait-il pas gardé une attitude parfaitement indifférente lors du départ de son gardien assidu et, depuis lors, il ne semblait pas qu'il en eût éprouvé le moindre désenchantement. Pas plus du reste que de l'absence de Jaketa, qui, cependant, chaque jour, emplissait son auge d'une pâtée de son et autres mélanges dont la gent porcine est friande.

Il avait beaucoup perdu sous ce rapport au départ de la bonne femme, ainsi que les poules et les canards.

Quand elle eut si inopinément disparu, tout comme son petit-fils, les voisins supposèrent qu'elle avait négligé de les prévenir de ses intentions de partir en voyage.

Ils en furent bien un peu surpris, mais les Bretons se résignent facilement même à l'invraisemblable. Entre gens demeurant porte à porte se crée une sorte de solidarité, si bien que Corbino et les volailles avaient été soignés par des compatriotes de bonne volonté.

Pourtant on ne veille jamais sur le bien d'autrui avec autant de sollicitude que sur le sien propre. La basse-cour était étique et Corbino avait considérablement maigri.

C'est peut-être à cela qu'il faut attribuer la conduite qu'il tint quand Jaketa, après sa fugue du *Cheval blanc* à Pont-Coadou, parvint aux alentours de Kerbaradoz.

L'instinct du cochon, à défaut d'esprit, l'avertit que la vieille Bretonne approchait.

Elle n'était pas encore au crochet de la route, d'où l'on pouvait apercevoir sa maison, qu'elle vit venir vers elle, à fond de train, dans un tourbillon de poussière, l'animal familier.

Il s'arrêta net à ses pieds, poussant de tendres petits grognements. Jamais ses oreilles n'avaient tressailli de la sorte.

Elle en fut bien touchée et, si peu qu'il soit dans les usages de frotter sa joue

à la hure d'un cochon, elle l'accola longuement :

« Te v'là, mon mignon, lui dit-elle, tu n'as guère profité depuis qu'on ne s'est vu. Ne m'en veux pas. Je m'en

LA VIEILLE JAKETA EMBRASSA CORBINO
AVEC JOIE.

suis allée pour rechercher Jojo.... Tu te souviens bien de Jojo, est-ce pas? Pourquoi qu'tu demandes pas où qu'il est? C'est vrai, tu ne peux pas causer.

« Ah ! mon pauvre Corbino ! Je ne l'ai pas retrouvé ! J'ai bien de la peine, va ! Il m'en est arrivé des malheurs de toute espèce ! »

Elle était bien résolue à ne rien raconter de ses véridiques aventures, obsédée par la double frayeur des Révérends, ses anciens maîtres, et de ces trois individus qui, plus récemment, l'avaient enfermée dans le cabinet de l'auberge.

Elle continua de marcher vers sa maison, précédée de Corbino qui gambadait avec allégresse et qui, pénétrant avant elle dans le courtil, annonça sa venue aux poules et aux canards.

Ce furent des battements d'ailes à n'en plus finir et un concert de coin-coins et de cocoricos qui remua Jaketa. En outre, le vacarme attira les voisins qui entourèrent la vieille Jaketa.

Mme Le Bizec, la fille Bourhis et Kernicol le charron, faillirent tomber à la renverse, quand ils l'aperçurent.

« Ah ! oui dame, vous v'là donc,

Jaketa, » s'écria Kernicol. Et la fille Bourhis : « Où que vous étiez passée, ma Doué ! »

Et Mme Le Bizec : « Nous autres, on était bien en peine de vous.

— Je suis allée à Paris.

— A Paris ! Bonne Sainte Vierge !

— A Paris, à Paris !... » répétaient-ils tous en chœur, comme s'il se fût agi d'un endroit situé dans la lune. Ils joignaient les mains, ils dodelinaient de la tête.... Était-ce Dieu possible ! La mère Penguidic revenait de Paris !

Je n'ai pas besoin de vous affirmer qu'elle ne leur révéla qu'une partie de la vérité. Tout comme Jojo, elle avait été mêlée à des choses si étranges, les dernières surtout, qu'elle entendait garder un silence prudent.

Elle expliqua seulement dans quelles circonstances avait eu lieu son départ subit de Kerbaradoz, pour courir après son petit-fils, disparu d'une façon si singulière. Mais elle ne l'avait pas revu ! Quel deuil en pensant qu'il n'était plus là, qu'elle ne le reverrait peut-être jamais !

Ce fut une parole imprudente qui provoqua cette remarque de Kernicol :

« S'il en est ainsi, la mère Penguidic, moi, je préviendrais les gendarmes. On ne sait jamais. Une supposition qu'il soit tombé entre les mains de

chenapans, votre petit gars ! A votre place, j'irais trouver le procureur.... »

Le procureur ! Les gendarmes Elle en frissonna. Ceux-ci aussi lui mettraient la main au collet et dans sa simplicité, après l'incident de l'auberge, elle en arrivait à croire qu'elle s'était rendue coupable d'un délit, en se sauvant de chez ses maîtres, à la dérobée.

Toutes les péripéties extravagantes qui avaient traversé son existence tournoyaient en méli-mélo sous sa coiffe. Il valait mieux se taire.

Elle reprit donc lamentablement sa tâche quotidienne.

Une lettre de Jojo. ⌀ ⌀ Un matin, qu'elle était en train de nettoyer ses terrines, une voix l'appela de la barrière. Elle tourna les regards de ce côté, et vit le facteur qui brandissait un papier dans sa main :

« C'est une lettre pour vous, madame Penguidic. »

De suite, elle eut le pressentiment qu'il s'agissait de Jojo.

Elle ne fit qu'un saut, pour franchir les dix mètres qui la séparaient du facteur, puis, tout à coup, sur le point de prendre la lettre, elle se sentit comme ankylosée de tous les membres.

Mon Dieu ! Si c'était une mauvaise nouvelle ! Qu'y avait-il sous cette enveloppe? Elle avait peur de savoir.

Le facteur s'impatienta :

« Faudrait tout de même vous décider, la mère, j'ai pas que vous à servir.

— Sans vous commander, Le Goff, vous seriez bien gentil de me dire d'où que ça vient.

— Y a le cachet de Paris sur l'enveloppe, mais pour vous renseigner au juste, faut l'ouvrir.

— Ouvrez-la, reprit-elle, toute pâle, et lisez-moi ce qu'il y a de marqué sur la lettre.... Vous savez, je sais lire que l'imprimé... et encore. »

Le facteur, gravement, fier de la confiance dont on l'honorait, parcourut d'abord, en les suivant du doigt, toutes les lignes tracées par Honoré Rogaton pour être sûr de ne pas se tromper, puis, la voix posée, il en donna connaissance à la grand'mère.

L'heureux moment ! Elle couvrit la lettre de baisers et Le Goff était déjà loin qu'il entendait encore les échos de son allégresse.

Elle ne tenait pas en place, courait de tous les côtés, laissait tomber le précieux papier, le relevant, le lâchant encore, et finalement, comme une trombe, s'en fut chez les voisins pour leur annoncer la grande nouvelle.

Jojo vivait !... Jojo était en place à Paris !... Jojo donnait satisfaction à son maître !

Puis, elle fut prise d'un accès de chagrin. Oui, il se portait bien, mais il était loin. Elle aurait tant voulu le serrer dans ses bras, l'embrasser !

Parbleu ! Ce n'était pas si malin que ça d'aller à Paris. Elle connaissait la route.... C'était bien fatigant, sans doute, pour une bonne femme de son âge, mais maintenant qu'elle était sûre de revoir l'enfant chéri. ça lui donnerait des ailes. Son parti fut pris immédiatement : elle y retournerait à pied !

Pas en auto, certainement.... Elle en avait assez des autos ! Pas en chemin de fer, non plus... on rencontre des gens qui vous dévisagent, qui vous posent des questions....

Pas de ça ! Elle s'en irait tranquillement sur ses jambes, en poussant Corbino devant elle, comme une paysanne qui s'en va au marché... De la sorte, personne ne ferait attention à elle.

Et ça ferait plaisir à Jojo de retrouver le cochon.... Celui-ci brouterait de l'herbe le long du chemin et, là-bas, on verrait.

Cette idée biscornue s'implanta tellement dans sa tête, que, dès le lendemain, elle en prépara l'exécution. Elle vendit ses poules et ses canards, emprunta deux cents francs au notaire sur sa maison et ne se laissa pas influencer par tous les raisonnements qu'on lui servit pour la dissuader de son projet.

Jaketa et Corbino vont à Paris. ⚹ ⚹ Un matin, avant le soleil levé, un panier sous chaque bras, l'un contenant ses hardes, l'autre ses provisions, elle ferma soigneusement sa porte et, suivant le cochon, Jaketa Penguidic s'en fut vers la capitale.

C'est une manière de voyager qui n'est pas sans inconvénients.

Les cochons n'ont aucune notion de la ligne droite, et celui qui nous occupe, d'humeur spécialement capricieuse, prenait tous les chemins de traverse, ce qui ralentissait la marche de sa propriétaire, obligée de courir après.

Les champs dont la barrière était ouverte exerçaient sur lui une fascination irrésistible. Il s'y aventurait, malgré les rappels les plus vibrants.

Il en résultait des disputes dont Jaketa éprouvait mille transes.

Une fois, piqué par on ne sait quelle tarentule et on ne sait comment, Corbino monta jusqu'au premier d'un restaurant où se tenait un repas de noce.

LA BRETONNE EUT BIEN DES DIFFICULTÉS AVEC CORBINO.

On n'attendait point un invité de cette espèce. Le trouble fut inexprimable ; on le prit par les pieds de derrière et on le fit passer par la fenêtre. Il eut la chance de retomber sur ses pattes, sans avaries, auprès de la grand'mère.

Elle l'agrippa par la queue, pour l'empêcher de recommencer. Mais il n'en avait nulle envie ; il détala si vigoureusement qu'il l'entraîna à sa suite.

Heureusement ce ne fut pas à rebours de sa destination, car il ne s'arrêta que longtemps après, quand il fut hors d'atteinte de ses poursuivants.

Après mille incidents, tels que peut les provoquer un cochon aussi turbulent d'allures et rebelle à tous les conseils de bonne conduite, ils arrivèrent dans la banlieue de Paris, où il s'en fallut d'un rien que Corbino ne fît dérailler un tramway.

Si l'on considère qu'il n'est pas d'usage d'admettre dans les hôtels les voyageurs flanqués d'un cochon et que, par suite, Mme Jaketa Penguidic ne descendit jamais qu'à celui de la belle étoile, à toutes les étapes, il arriva qu'elle était éreintée en touchant au port.

Arrivée à Paris, Jaketa Penguidic s'informa, présentant la lettre, où se trouvait l'adresse d'Honoré Rogaton, afin qu'on lui indiquât de quel côté tourner ses pas. Vous concevez facilement que cette manière de se diriger dans la capitale n'est ni rapide ni pratique. On tombe, ou sur des farceurs, qui se moquent de vous, où sur des bourrus qui vous envoient promener. Il advint que, par plaisanterie ou ignorance, on lui donna des renseignements erronés, et elle tourna plusieurs fois autour des fortifications, avant de découvrir le coin de Vanvès où demeurait l'ancien professeur.

Elle eut même, dans les environs de ce lieu et au moment où elle allait recevoir la récompense de tant d'efforts, une émotion violente.

Sur le trottoir opposé à celui qu'elle suivait, venaient en sens inverse deux sires de mine patibulaire et de tenue dépenaillée.

Juste ciel ! Sous cet accoutrement, elle crut reconnaître Lupin et Michou, oui, les voyageurs de l'auto rouge, ses maîtres, ceux qui l'avaient si tristement exploitée dans l'appartement de la rue d'Alésia. Vite, elle se réfugia derrière la palissade d'un chantier pour ne pas être surprise et, collant ses yeux au travers d'une fente, elle fixa sur eux des prunelles aiguës quand ils passèrent devant elle.

C'était bien eux !

Il n'y avait pas à se tromper. C'étaient bien les individus dont elle avait tant de raisons de se méfier et qui nous paraissent aussi sujets à caution, pour ne pas dire davantage.

Cette rencontre ne va que fortifier nos soupçons. L'opinion que nous concevions d'eux va se préciser, quand nous saurons ce qu'il advint, après le départ de Jaketa.

Il est même utile que nous le sachions sans plus attendre. Quand on narre des faits aussi compliqués que ceux du présent récit, encore enveloppé d'obscurités, où se meuvent tant de personnages, on ne saurait négliger aucun détail pouvant contribuer à la compréhension de l'ensemble.

Jim et Sam poursuivis. ✪✪ Eh bien, environ deux heures après le moment, où, sur la pointe des pieds, leur vieille bonne avait déserté la maison, sans crier gare, Sam et Jim se frottèrent

les yeux, soufflèrent, firent craquer leurs articulations et reprirent contact avec le monde extérieur, ayant pesamment dormi dix heures d'affilée.

Ainsi qu'ils en étaient coutumiers, ils hélèrent William (le prénom de Jaketa en homme).

« William !... Ohé, William, apporte-nous le cognac ! »

Ils avaient l'habitude, au réveil, de s'en adjuger une pleine rasade.

Naturellement personne ne répondit.

Impatientés d'attendre, ils sautèrent de leur couche et se dirigèrent vers le taudis où couchait le domestique.

Le grabat était vide.

Dans la cuisine et la salle à manger, pas davantage trace de William.

Comme ils remarquèrent simultanément la disparition des vêtements féminins de la vieille, habituellement accrochés à un porte-manteau, ils ne se firent aucune illusion.

William avait déguerpi !

Cela les rendit rêveurs.

« Pourvu que la vieille rusée ne soit pas allée... » commença de dire Sam.

Jim lui coupa la parole.

JIM GLISSA SUR LA PENTE DU TOIT.

« Suffit ! je devine ta pensée.... Ah ! la vieille caricature !

— Jamais tu n'as si bien dit la vérité. Les injures ne sont pas de saison, pour l'instant. Plutôt que de bougonner, gardons-nous à carreau.... La première chose à faire, c'est de surveiller l'horizon. Ouvre la fenêtre et observe ce qui se passe dans la rue, avec prudence. »

Jim, prenant mille précautions, suivit le conseil de son ami. Brusquement, il retira sa tête, qu'il avait un peu avancée hors de la croisée.

Coïncidence étrange avec le départ de Jaketa, qui n'y était pour rien, nous le savons, des agents cernaient la maison. Quelques-uns déjà franchissaient l'entrée....

« Nous sommes pincés, gémit Jim.

— Pas encore, répliqua vivement Sam.... Filons ! »

Ils bondirent sur le palier et tous les deux grimpèrent au sixième. Enfoncer la porte d'une chambre, monter sur une chaise pour atteindre le toit, à travers une lucarne, fut l'affaire de quelques secondes.

Alors, avec des mouvements souples de chats, ils rampèrent sur le chéneau et contournèrent une cheminée, afin de gagner l'immeuble voisin.

« Tonnerre !... » gronda Jim.

Il venait de perdre l'équilibre.... Il roula sur la pente, vers le vide !... Au moment de passer par-dessus la gouttière, d'un effort désespéré, il s'accrocha à un anneau de fer.... Seule, l'extrémité de ses pieds dépassait le bourrelet de zinc de la façade....

« C'est pas encore pour aujourd'hui ! »

Mais d'en bas, on avait vu ses jambes et une clameur monta du sol :

« Ils se sauvent par les mansardes ! »

Sam, tendant la main à son camarade en fâcheuse posture, ricana :

« Vous croyez peut-être qu'on va vous attendre.... »

Tirant fortement, il l'amena à sa hauteur. Ils continuèrent leur fuite périlleuse, passant de toiture en toiture.

« Veine ! dit Sam... une tabatière ! »
Ils s'y engouffrèrent.

Un locataire pacifique était en train de s'ablutionner la tête dans sa cuvette. Ils lui tombèrent sur le dos, l'étourdirent à coups de poing, et, gagnant la

sortie, dévalèrent les étages à califourchon sur la rampe. Ça va plus vite !

L'entrée de la maison où ils se trouvaient donnait sur une autre rue. Ils décampèrent prestement sans être vus.

Non loin de là, il y avait un chantier de constructions. Ils s'y dépouillèrent

LA TÊTE DE BIDOCHE APPARUT A LA PORTIÈRE.

de leurs respectables lévites et apparurent vêtus comme des ouvriers.

« De cette manière-là, dirent-ils d'une même voix, notre signalement ne servira pas à grand'chose. »

Et ils s'éloignèrent.

Qu'étaient-ils devenus depuis lors? Nous l'ignorons, mais, à coup sûr, ils avaient échappé aux recherches dont ils étaient l'objet, puisque Jaketa les reconnut sous les traits de ces deux passants, rencontrés au moment où elle parvenait enfin chez les chiffonniers de Vanves.

Sans doute ils avaient laissé repousser leurs barbes, et leurs accoutrements différaient de ceux qu'elle avait vus successivement à Michou et Lupin, à Sam et Jim.

Mais quand on a vécu si près des gens, on ne se trompe point sur leurs personnes, quel que soit le costume.

Elle ne se trompait point.

Occupés à se quereller, ils passèrent sans remarquer la vieille et son cochon.

L'OMBRE SE DISSIPE UN PEU

PUISQUE nous venons de raconter ce qu'il advint aux faux révérends américains, on s'étonnerait, à bon droit, si nous passions sous silence les faits et gestes de Leurs Excellences Mohammed Fayoum Pacha et Ben

Beni Souëf Effendi, ainsi que de leur acolyte le concierge Kadour Benamadouche, après que Jojo Dibidoub se fut envolé dans leur propre auto.

Ils étaient donc entrés dans une maison pour y visiter un appartement, ayant l'intention de déménager après la visite du reporter, sur le compte duquel ils n'étaient pas rassurés, et c'est en leur absence que Jojo, dissimulé dans le coffre du landaulet, en était sorti comme on sait.

Quand ils ne retrouvèrent plus leur voiture à la porte, ils oublièrent qu'ils ne devaient parler en public que le béloutchistanien et ils proférèrent toute une série de jurons dans le meilleur français.

Ignorant la ruse de Jojo, ils ne songèrent pas à l'accuser et mirent le compte du vol sur ces écumeurs de pavé, comme il y en a dans les grandes cités.

Ils s'épanchèrent en reproches véhéments contre la gredinerie contemporaine, et, nous pressentons, vous en êtes sûrs, qu'une telle indignation était plutôt comique de leur part.

Ce qui est certain, c'est qu'ils se gardèrent bien de mettre à exécution l'idée qui nous serait venue immédiatement, à vous et à moi, c'est-à-dire

LES TROIS COMPÈRES SE RETROUVÈRENT
DANS UN CAFÉ.

d'aller porter plainte au commissariat le plus proche.

Non. Pour éviter la curiosité publique éveillée par leurs superbes costumes orientaux, ils prirent un taxi et jetèrent cette indication au chauffeur, d'un air hautain :

« 321, avenue Victor-Hugo, à l'ambassade du Béloutchistan. »

Comme ils contournaient la place du Trocadéro, d'où sortaient à ce moment les nombreux spectateurs d'une grande matinée artistique, ils tombèrent au milieu d'un encombrement prodigieux de voitures.

Et subitement, dans l'encadrement de la portière, surgit le visage effaré de Benamadouche, sans turban, coiffé d'une casquette enfoncée jusqu'aux yeux. Il leur lança rapidement ces mots : « Descendez, c'est Bidoche qui vous le dit... »

Ils profitèrent du ralentissement du taxi bloqué au milieu d'une foule de véhicules, pour sauter lestement sur le pavé. L'opération fut exécutée si habilement que le conducteur lui-même ne s'en aperçut point.

Ensuite, sur un signe du concierge, qui portait un gros ballot, ils se dirigèrent vers une cabane de cantonnier, y pénétrèrent subrepticement tous les trois et refermèrent la porte sur eux. Leur manège n'avait pas été éventé.

Cinq minutes après, ils en ressortaient habillés comme tout le monde, avec les costumes que nous leur avons connus, lors de leur randonnée en Bretagne, et dépouillés de leurs barbes.

Poursuivis ! ∅ ∅ Ils se perdirent dans la foule. Ayant pris séparément le tramway de l'Hôtel-de-Ville jusqu'à la place de l'Alma, puis celui de la gare Montparnasse, puis celui de la Bastille et être descendus aux Gobelins, ils se retrouvèrent dans un caboulot de la place d'Italie, devant trois vermouths.

« C'est pas dommage, opina Potard, — car il n'y avait plus de Mohammed Fayoum Pacha, — on va pouvoir enfin causer.

— Il n'est que temps, » approuva Verjus, ancien Ben Beni Souëf Effendi.

Et Bidoche, également dépouillé de son nom ronflant de Kadour Benamadouche, parla comme suit :

« Il y avait peut-être trois quarts d'heure que vous étiez partis, quand la sonnerie de l'entrée roula comme trente-six timbres à la fois.

« Selon la consigne, je collai mon œil au petit trou de la serrure, avant de tirer le cordon, et je vis une collection de masques grimaçants, avec des moustaches d'argousins. J'ai jamais considéré des gens aussi vilains !

« On connaît son monde, quoi. Il n'y avait pas à s'y tromper.... Il n'y a que ceux de la Sûreté pour avoir de pareilles figures !

« Alors, je ne bouge pas.... Eux, resonnent !...

« — Tu peux sonner, pensais-je.

« Je ne bouge pas davantage.

« Ils tapent dans la porte, en criant : « Ouvrez au nom de la loi. »

« Bidoche ne connaît pas ça, la loi.... Frappe tant que tu voudras !...

« Oui, mais les fils de chien avaient amené un serrurier. Voilà mon type qui tire un trousseau de sa poche.... Ça n'était plus de jeu, il n'y avait qu'à se sauver !

« Je me rabats dans l'intérieur des appartements, j'essuie une larme furtive en regardant au passage les trésors artistiques qu'on ne reverra plus jamais et, vous ne direz pas que je suis un mauvais cœur, je pense à vous.

« Parfaitement, en changeant rapidement de costume — on ne saurait être trop prudent — je me dis comme ça : « Les camarades seront frais, s'ils sont obligés de déambuler en ambassadeurs. »

« Alors je saisis le paquet tout préparé où étaient vos habits civils.

« Tout ça, vivement, vous supposez bien....

« Et Jojo ? Je vais l'emmener. Il mangerait le morceau. Croiriez-vous, j'ai beau l'appeler, le chercher partout, pas de Jojo !... »

Verjus l'interrompit :

« C'est cette petite fripouille-là qui nous a dénoncés ! C'est clair. Alors, il a décampé, avant que la police n'arrive, pour pas que tu l'assommes.

— Mais par où ?

— Ça, on n'en sait rien, fit Potard à son tour ; mais, quand on le veut bien, on peut toujours sortir, en dépit de la surveillance.... Tu es bien sorti, toi ; ce n'est pas par la porte, j'imagine ?

— Attendez, procédons par ordre.... Donc, plus le moindre Jojo à la cantonade....

— Et l'autre ?

— L'autre, X Y Z ?...

— Oui, ne nous fais pas languir.

— J'y ai bien pensé, comme vous y pensez ; je lui ai donné l'ordre de me suivre, par gestes....

« Il a failli me dévorer ! J'allais tout

de même le désenchaîner et l'emmener de force, parce que le pistolet nous causera plutôt des embêtements. »

Potard et Verjus grincèrent des dents et roulèrent des yeux féroces.

« C'est couru ! Le type serait plutôt gênant pour nous si jamais on était

pris.... Mais il y a d'autres choses qui nous feraient tort, ajouta-t-il, en ricanant.

« Au surplus, il n'y avait pas à traîner ! Je les entendais qui furetaient en bas, la serrure avait cédé. De la maison, j'ai sauté sur le mur du jardin, d'où je suis passé dans celui d'à côté, et puis dans une cour, et puis dans une autre.

« Quand j'ai été dans la rue, j'ai jeté un sou par terre à pile ou face. De quel côté vont-ils rentrer, me demandais-je ? Je m'en suis rapporté au hasard. Pour une fois, il a bien fait les choses.... Seulement, c'est une fameuse chance que je vous aie dénichés dans le taxi... Je cherchais le landaulet, moi....

— On nous l'a volé. »

Bidoche ne put s'empêcher de s'écrier, en choquant les paumes énormes de ses mains :

« Elle est bien bonne !

— Après tout, qu'est-ce qu'on en ferait, à l'heure d'aujourd'hui ? On va être obligés de se terrer.... La poule aux œufs d'or est morte, soupira Potard.

— As-tu pu sauver la caisse, Bidoche ? » demanda Verjus.

« Je n'ai pas eu le temps de sauver la caisse, avoua Bidoche.

— Tant pis ! Je n'avais emporté sur moi qu'une somme insignifiante. »

Et, sur ces dernières paroles de Potard, ils restèrent un instant songeurs, les regards perdus dans des contemplations du passé, où la vie était plus douce quelle ne le serait désormais. Ils se revirent mollement étendus sur des sofas moelleux, promenant leurs doigts sur les soieries de leurs accoutrements, dont le contact était si doux.

Ah ! comme c'était plaisant de traîner leurs pieds à l'aise dans des babouches, sur des tapis épais qui ressemblaient à des parterres de fleurs !

« La conclusion de tout ça, fit Bidoche, c'est qu'il faudra se remettre au travail. »

De quel travail pourraient bien être capables ces trois jolis messieurs?

La crainte qu'ils éprouvaient de la police et leur empressement à éviter tout rapport avec elle, nous édifient sur leur moralité, comme nous semblons. l'être sur celle de Michou et de Lupin. Et il nous parait fort heureux pour la vieille Jaketa que ces derniers ne l'aient pas reconnue.

Quand ils furent loin, elle reprit ses sens et pénétra dans la cité des chiffonniers, le cœur battant. Elle ne fit en cela que suivre Corbino, dont les convoitises étaient excitées par les détritus de toute espèce, épars sur le sol.

Et, contournant un étroit sentier, elle tomba littéralement sur son séant. A dix pas devant elle, Jojo serrait Corbino dans ses bras !

Jojo, en retrouvant Corbino, ne ré fléchit pas longtemps ; car, si peu compliqué que fût son entendement, il ne pouvait supposer que son cochon fût arrivé jusque-là tout seul. Sa venue annonçait celle de la grand'mère, de la chère bonne femme qu'il avait tant envie de revoir. Ah ! comme il éprouva de drôles de picotements dans les yeux, en l'apercevant tout à coup, là-bas !

Il la reconnut aussitôt, courut vers elle et, puisqu'elle était par terre, il s'assit sur ses genoux, comme lorsqu'il était tout jeunet, et il entoura son cou de ses bras.

« C'est-y toi, mon petit.... C'est-y bien toi, Jojo Dibidoub, mon mignon Jojo. C'est-y bien vrai que je te tiens là à pleine brassée.... Ah oui, dame !

C'est bien lui ! C'est mon fleu, mon Jojo. Ah ! C'est-y bon, c'est-y bon de l'embrasser en chair et en os ! »

Le bon moment, où l'aïeule et le petit-fils vécurent de nouveau tous les beaux jours oubliés et où l'allégresse d'une seconde effaça les peines de trois mois !

Au-dessus de leurs effusions, se pencha soudain le chapeau haut de forme en accordéon d'Honoré Rogaton, qui, ayant tiré sa pipe, laissa tomber ces mots :

« *Felicitas, felicitatum !* »

Jaketa Penguidic n'entendait pas le latin, cela va de soi, mais, à l'intonation du chiffonnier, elle comprit qu'il s'agissait d'une politesse, et elle lui répondit :

« Vous êtes bien honnête, mon bon monsieur.

— *Urbanitas, urbanitatum !* » continua l'ancien professeur. Quand la machine à citations était remontée, il n'y avait plus moyen de l'arrêter.

Cependant Jojo parvint à placer son mot, et ce fut pour apprendre à sa grand'mère comment M. Honoré Rogaton l'avait recueilli et entouré de soins de toute espèce, le logeant chez lui comme s'il avait été son propre gars. Bref, combien il avait été bon pour lui.

Il s'en défendit modestement, mais il donna une nouvelle preuve de sa bienveillance en offrant l'hospitalité à la bonne femme.

Elle accepta d'autant plus volontiers qu'elle avait entendu dire qu'à Paris, une chambre coûtait les yeux de la tête.

« C'est de grand cœur, chère dame, que je vous propose de loger sous mon toit, pendant votre séjour dans la ville-lumière.

« A défaut de luxe, vous y trouverez l'accueil que tout galant homme doit à une honorable femme sans esprit et tout le respect que mérite votre grand âge.

« Entrez, madame Penguidic. Vous êtes chez vous; je suis trop heureux de vous accorder la libre et entière disposition de mes appartements ! »

Il était pompeux à l'occasion.

Le toit dont il parlait présentait quelques crevasses, et la chambre qu'il destinait à la grand'mère consistait en un appentis où le précédent locataire, qui était marchand de chiens, logeait ses pensionnaires.

On y mit une paillasse, une cuvette ébréchée et une chaise qui n'avait plus que trois pieds. La vieille Bretonne margarine et du fromage de Hollande. Un vrai festin ! Il poussa le luxe jusqu'à allumer sa lampe à pétrole, et, comme dehors la pluie faisait rage, il abrita la table sous un parapluie plein

M. ROGATON OFFRIT UN BON REPAS A SES HÔTES.

n'était pas difficile, et elle s'en contenta.

« Vous excuserez la frugalité de ma table, dit encore le chiffonnier. Mes moyens ne me permettent pas le filet de bœuf et la poularde truffée.

— Oh ! si vous avez quelques oignons, fit Jaketa, c'est ce que j'aime le mieux.

— Mille regrets, je ne cultive que les radis et voici mon modeste jardin. »

En même temps, il montrait une ancienne caisse à bougies posée sur le rebord de la fenêtre.

Qu'importait à la grand'mère ! Elle avait retrouvé son enfant, tout le reste lui était indifférent, d'autant plus qu'elle n'avait jamais été gâtée.

On fit une niche à Corbino dans les débris d'un vieux récipient à essence garni de varech qu'on préleva sur la paillasse, et tout le monde fut content.

L'automne venait. Les jours diminuaient et l'ombre envahissait l'étroite masure dès six heures du soir.

Confidences. ✿ ✿ Ce soir-là, Honoré Rogaton décida de fêter par un repas exceptionnel l'heureuse arrivée de la bonne-maman Penguidic. Il se fendit d'une bouteille de Graves ordinaire et servit à ses convives du museau de bœuf, des haricots à la de trous certes, mais qu'il disposa de manière à ce qu'ils ne coïncidassent pas avec ceux du plafond.

Et, comme on dit, la plus franche gaîté ne cessa de régner pendant le repas.

Les convives se regardèrent d'abord sans rien dire. Le vrai bonheur est silencieux. Mais le chiffonnier n'était pas homme à rester longtemps bouche close.

Quelques lampées préliminaires ne tardèrent pas d'ailleurs à lui délier la langue, qui ne lui refusait jamais son concours.

En outre le Graves excita aussi Jojo, qui n'en avait pas bu depuis son départ de l'hôtel des ambassadeurs. Ma foi ! comme sa grand'mère le pressait de lui raconter, par le menu, toute son existence à partir du jour où il avait quitté Kerbaradoz dans l'auto jaune et comme, de la savoir près de lui, il se sentait plus rassuré, il fut sincère d'un bout à l'autre de son récit.

Il avoua au père Rogaton qu'il lui avait caché la vérité, tremblant de peur rien qu'à prononcer les noms abhorrés de Mohammed Fayoum Pacha et de ses deux complices.

La vieille, à son tour, narra fidèlement son odyssée, et leur surprise fut incommensurable quand ils apprirent qu'ils s'étaient rencontrés sur la route de Brest, sans se reconnaître !...

« C'était donc toi, mon petit Jojo, cette manière d'Égyptien qui m'a recueillie dans son auto quand j'étais sur le point de trépasser de fatigue !

— C'était donc vous, grand'mère, ce pauvre homme qui n'en pouvait plus ! C'est-y permis de travestir comme ça une honnête femme !

— *Horribile visu* ! interrompit Honoré Rogaton, et il est indubitable, Jojo, que l'on est bien empêché de retrouver sa bonne maman dans un être humain qui a l'extérieur d'un bon-papa ! »

Après que des exclamations sans nombre et des étonnements succédant à des étonnements eurent ponctué chacune des confidences de Jojo et de Jaketa, car tout cela dépassait les bornes de l'imagination, le chiffonnier, dans lequel survivait le professeur, mit un peu d'ordre dans cet imbroglio, avec une certaine élégance d'élocution, et résuma, selon sa propre expression, les dépositions des témoins. Il conclut ainsi, en s'adressant à Jojo :

« Je regrette, mon petit, que tu n'aies pas eu plus de confiance en moi. Si tu m'avais glissé dans le tuyau de l'oreille

CORRINO S'ENFUIT, EN POUSSANT DES CRIS AIGUS.

la narration de tous ces épisodes extraordinaires, je t'aurais fixé plus tôt sur le compte des beaux messieurs qui t'avaient pris à gages.

« Quand on est doué comme moi d'un jugement de qualité supérieure, je puis le dire sans fausse modestie, il suffit d'un rien, d'un signe, d'un geste pour me conduire jusqu'au fond des choses.

« Il n'y a pas d'erreur. Ce sont des filous de haute volée. L'argent qu'ils jetaient par les fenêtres provenait certainement d'une source impure. Laquelle? Ceci est encore un mystère ; nous tâcherons de le pénétrer.

« Je suis un vieux renard, moi, et, dans mes courses nocturnes, j'ai rencontré souvent des gibiers de potence. J'en connais les mœurs et **ne** suis que mieux qualifié pour découvrir le fin du fin.

« Je serais bien surpris si je n'arrivais pas à débrouiller cet imbroglio. Assurément, vous ignorez ce que c'est qu'un imbroglio. C'est comme qui dirait un peloton de laine, sens dessus dessous, en un mêli-mêlo inextricable.... Mais des doigts agiles parviennent à la débrouiller. Je me vante d'avoir ces doigts-là.

« Pour vous, madame Penguidic, vous fûtes également en contact avec des chenapans de la pire espèce. De ce côté encore, j'essaierai d'obtenir quelques clartés.

« Le fait que l'auto rouge et l'auto jaune se suivaient à courte distance sur les routes de Bretagne et que, à certains indices, nous sommes autorisés à penser que les voyageurs couraient les uns après les autres, nous prouve qu'il y a des ramifications entre eux. Mais pourquoi? Mais comment? Fasse Dieu que nous percions le voile opaque qui obscurcit encore les régions sereines de la vérité. *Fiat lux !* Que la lumière soit ! »

Cet éloquent langage, dont beaucoup de parties échappèrent à coup sûr aux indigènes de Kerbaradoz, ne leur donna qu'une plus haute idée des facultés intellectuelles de Rogaton.

La bonne femme, sans prendre garde à l'intérieur misérable où cette scène se déroulait, si peu en rapport avec les belles manières verbales de son hôte, ne put s'empêcher de dire :

« C'est pas tous les jours que des petites gens comme nous entendent si bien causer. Vous nous faites bien de l'honneur, mon cher monsieur. »

Cette réunion familiale eût été charmante de tous points, si, subitement, des hurlements inarticulés n'avaient éclaté dans le silence environnant.

Pauvre Corbino ! ◊ ◊ On reconnut tout de suite l'organe anti-mélodieux de Corbino, monté à son diapason le plus aigu, et, singulièrement bouleversés par ces cris déchirants, nos gens tressaillirent sur leurs sièges et volèrent au secours de l'animal.

Comme ils bondissaient au dehors de la cahute, en ouragan, le cochon passa devant eux, au triple galop, comme une ombre.

Cette fuite exaspérée et ces hurlements intempestifs n'avaient rien que de bien naturel. En effet, des polissons de l'agglomération chiffonnière avaient été attirés par Corbino.

Jamais, jusqu'alors, un animal de son espèce n'avait paru dans la cité de Vanves.

Et comme ces gamins farceurs étaient complètement étrangers à la Société protectrice des animaux, ils n'avaient rien trouvé de plus spirituel que de mettre le feu au varech sur lequel Corbino ronflait profondément.

Au premier grésillement de ses soies, il avait hurlé et détalé, apportant à ces deux manifestations de son effroi une égale ardeur.

Pendant que Jojo et son patron s'efforçaient d'éteindre le commencement d'incendie, la vieille Jaketa, retrouvant des jambes, courait après le fuyard.

Ce n'était pas chose facile dans ce dédale de bicoques, dont les habitants, infiniment moins courtois que leur collègue Rogaton, amusés par la nouveauté du spectacle, s'efforçaient, avec force rires et brocards du plus mauvais goût, de compliquer la tâche de Jaketa.

Le cochon avait aux trousses toute une marmaille dépenaillée qui le bombardait de trognons de choux et de tessons de bouteille, augmentant encore sa terreur.

Plusieurs fois, Jaketa Penguidic piqua de la tête dans des amoncellements de choses malplaisantes dont le fumet lui révéla la nature.... Elle se plaqua la face en avant dans des mares stagnantes qui laissèrent sur sa peau

« VERITAS ! » S'ÉCRIA L'ANCIEN
PROFESSEUR.

une coloration innommable. Aussi jamais créature ne ressemblait mieux à un magot fangeux quand elle revint, au bout de vingt minutes, tirant à l'envers, par la queue, Corbino piaillant de plus belle.

Cet aveu sortit de ses lèvres :

« J'ai bien du contentement de la revoyance de mon gars ; mais tout de même, on a rudement des contrariétés dans votre satané Paris. »

LES DÉCOUVERTES D'HONORÉ ROGATON

Au contraire, la mine d'Honoré Rogaton était claire, rose, respirait la plus intense satisfaction, quand il rentra au logis, sur le coup de midi, quelques jours après.

En outre, il y avait dans sa démarche une solennité inaccoutumée. Il rejetait la tête en arrière, portant haut un large sourire de fierté et sa

main droite décrivait dans l'espace des arabesques compliquées.

Il parlait seul, puis, parfois, s'arrêtait, gonflant les joues et soufflant une bouffée d'air, comme s'il eût voulu expulser hors de lui un trop-plein de pensées !

A la vieille femme et à l'enfant, attendant impatiemment son retour, il ne dit qu'un mot, un seul, le doigt levé, la tête légèrement penchée et les regards hauts, par-dessus son lorgnon bleu :

« *Veritas !* »

Il n'est pas nécessaire d'avoir fait

JAKETA ET JOJO FURENT STUPÉFAITS.

ses études pour le traduire.... Il savait la vérité... ou tout au moins une partie. Nous ne serons pas fâchés non plus de l'apprendre de sa bouche.

Il avait aussitôt formé le projet, après les révélations de Jojo et de Jaketa, de prendre des informations sur ces hommes étranges, aux transformations successives, aux allures stupéfiantes, plénipotentiaires de contrebande et faux révérends, à n'en pas douter.

Dans ce but, il avait rôdé aux alentours de l'hôtel, avenue Victor-Hugo, et de la maison de la rue d'Alésia, là où avaient eu lieu les descentes de police.

Les boutiquiers des rues où se sont passées des expéditions de ce genre, ne demandent pas mieux que de les narrer à qui les interroge, avec force détails.

C'est ainsi que le chiffonnier avait appris que Mohammed Fayoum Pacha, Ben Beni Souëf Effendi et Kadour Benamadouche, sous leurs titres ronflants d'ambassadeurs, n'étaient purement et simplement que des émetteurs de faux billets de banque. S'ils s'étaient parés d'un plumage exotique, c'est en vertu du proverbe : A beau mentir qui vient de loin.

Cela explique leur vie luxueuse, leurs largesses. Pour se procurer ces billets, ils avaient séquestré un graveur de nationalité grecque, qui n'entendait pas un mot de notre langue et qui avait dû quitter son pays, où il se livrait aux mêmes contrefaçons.

Menacé de mort par eux, à chaque instant, se voyant refuser toute nourriture s'il faisait mine de résister à leurs injonctions, il vivait enchaîné dans une chambre noire et matelassée, dans les combles de l'hôtel.

Et, puisque Benamadouche, quand il s'était enfui précipitamment, n'était pas parvenu à l'emmener, les agents l'avaient trouvé dans son réduit, au milieu de presses et de machines destinées à fabriquer les fausses coupures.

Ce graveur criminel, dont les infortunes atténuaient un peu la faute, était seul incarcéré ; les autres, ainsi qui nous l'avons raconté, s'étaient évanouis comme par enchantement, sans laisser de traces.

De l'avenue Victor Hugo, sachant ce qu'il voulait savoir, Honoré Rogaton s'était transporté rue d'Alésia, où il avait appris l'évasion par les toits des soi-disant ministres.

Mais il avait su aussi qu'il résultait des investigations judiciaires que ces derniers faisaient partie de la même bande que les ambassadeurs. En remontant dans le passé de ces coquins, on avait acquis la preuve qu'ils opéraient d'abord de concert, puis qu'ils s'étaient brouillés, que les derniers avaient accaparé pour eux seuls le graveur grec.

De là la situation moins florissante des seconds, qui vivaient sur leurs réserves, tandis que leurs anciens complices avaient à leur portée la mine précieuse où ils puisaient sans compter.

Quand il eut terminé ses explications, l'ancien professeur, se rengorgeant, n'ajouta qu'une syllabe :

« *Sic.*

— Je n'ai pas connu celui-là, fit naïvement Jojo, qui prenait toujours le Pirée pour un homme.

— Parbleu, reprit Rogaton, ce n'est pas un citoyen, c'est une préposition, par laquelle il est d'usage d'affirmer la véracité de ce que l'on vient de dire. Ça signifie: C'est ainsi et pas autrement. Donc, *sic, sic* et *sic* ! »

Honoré Rogaton continua d'un air solennel. « Nous devons notre concours à la société pour la punition des coupables. C'est le devoir absolu de tout citoyen de contribuer de toutes ses forces à la tranquillité publique, sans laquelle il n'y a pas de gouvernement possible. Que deviendrons-nous si les honnêtes gens n'avaient pas le courage de prendre leurs responsabilités. Toi, Jojo, qui connais ce joli monde, tu dois te mettre à la disposition de la justice pour aider à les pincer. »

L'enfant fit une affreuse grimace. Cette proposition, bien qu'elle fût formulée dans un langage solennel, auquel d'ailleurs il était insensible, ne paraissait pas de son goût.

« Ça n'a pas l'air de te chanter beaucoup? lui demanda Honoré Rogaton.

— Si ça ne vous faisait rien, j'aimerais autant ne pas me mêler de cette histoire-là.

— J'en crois saisir la cause. Tu as vécu chez eux, tu as été au courant de leur existence, tu as peur qu'on ne te soupçonne d'avoir été de mèche avec les filous.

— Et moi de même, soupira la vieille femme.

— Par-dessus le marché, j'ai pris leur auto, ajouta le petit.

— Ce n'est pas difficile à expliquer.

— J'ai fait rébellion, j'ai échappé à ce Lévêque dans la gare Montparnasse.

— Et moi de même, continua de gémir Jaketa, j'ai fait sauter la serrure du cabinet et je m'en suis sauvée, sans leur dire bonjour.

— Tout cela est exact. Aussi, avant d'aller trouver le commissaire, il est indispensable de nous faire bien voir de ce digne magistrat. Comment? Ce n'est pas malin. J'ai arrangé la chose en moi-même et ça ne me semble pas trop mal combiné. *Intelligentia ! Intelligentia !* »

Le chiffonnier semblait fier de sa trouvaille !

« Avant de vous exposer le fruit de mes veilles, permettez-moi d'allumer ma pipe. »

Il battit le briquet et, s'étant assis sur le coin de la table — Jojo et Jaketa occupaient l'unique banc de l'établissement — il reprit le fil de son discours.

« Voici donc mes intentions. Un vieux Parisien comme moi, qui depuis quarante ans roule sa bosse dans tous les quartiers, aux heures où les honnêtes gens dorment, connaît tous les coins et recoins où s'agite la vermine humaine.

« Tous deux ensemble, Jojo, mon camarade, on ira à la découverte. Tu connais les loups. Quand on les aura dénichés, on ira chercher les chasseurs. C'est compris?

— Mais... reprit Jojo, dont les pupilles s'effaraient dans le blanc des yeux, s'ils m'aperçoivent et qu'ils me tombent dessus avant qu'on ne puisse déguerpir, mon compte est bon. Et le vôtre aussi, par la même occasion, Père Mentor.

— Ta, ta, ta.... Nous prendrons nos précautions comme des Sioux sur le sentier de la guerre.

— Ce serait peut-être plus raisonnable de rester chez nous.

— Et d'attendre, n'est-ce pas? que les bandits, si on les arrête sans notre concours, te dénoncent, par vengeance, comme ayant pris ta part de leurs méfaits.... Alors tu iras au bagne !...

— Mon bon monsieur, c'est-y vrai?... larmoya la vieille Bretonne.

— Oui, madame Penguidic, fit gravement le chiffonnier, au bagne, avec les forçats.... Et il y a de grandes chances pour que vous y alliez aussi, aïeule vénérée ! »

Elle eut des frissons.

« Tandis que, si Jojo aide la justice dans sa mission, s'il a le bonheur de faire pincer les coupables, il recevra des félicitations, et peut-être des gratifications. Il faut choisir ou l'auréole du juste ou les galères ! »

L'auréole du juste ! Ça ne disait pas grand'chose à Jojo, mais les galères... c'était d'une clarté terrifiante. Il se résigna à accompagner le chiffonnier et à dépister, de concert avec lui, les redoutables malfaiteurs, qu'il eût tant souhaité, cependant, ne jamais revoir !

A la recherche des bandits ⌀ ⌀ Ils parcoururent de compagnie les endroits les plus mal famés de la banlieue parisienne, les terrains vagues autour des usines de Pantin, les taillis les plus reculés du bois de Vincennes, les carrières abandonnées de Sèvres.

Là, par une fin d'après-midi grise de novembre, il leur sembla voir de loin les silhouettes de cinq hommes qui marchaient avec précaution, le long d'un sentier, à la file indienne, peu éloignés

les uns des autres et qui retournaient
fréquemment la tête, pour s'assurer
qu'on ne les suivait pas.

Jojo saisit la main d'Honoré Roga-

professeur qui dans son temps sco-
laire, avait toujours remporté le prix
de gymnastique.

Ils rampèrent silencieusement entre

ton. Blêmissant, les lèvres tremblantes,
il balbutia :

« Je reconnais les trois premiers. C'est
Potard, Verjus et Bidoche. »

Il est entendu qu'il ne saurait plus
être question de Mohammed Fayoum
Pacha, Ben Beni Souëf Effendi et
Kadour Benamadouche. C'étaient des
noms d'emprunt. Il est vrai que ceux
dont nous nous servons ne sont peut-
être pas plus véridiques, les gens de
cette espèce ayant trente-six états
civils.

Désormais encore, nous n'appellerons
plus les faux révérends, que Michou et
Lupin.

C'étaient bien eux aussi qui fer-
maient la marche. Mais Jojo ne pouvait
les reconnaître, puisqu'il ne les avait
jamais vus. Toutefois, d'après la des-
cription que la grand'mère en avait
faite, aucun doute n'était possible.

Tous s'étaient composé, soit à
l'aide du rasoir, soit avec des postiches,
des têtes différentes. Ils étaient habillés
de vêtements d'une coupe nouvelle.
Mais il y a une tournure générale, une
personnalité que les plus rusés malan-
drins ne parviennent pas à dissimuler.

Ils s'enfoncèrent sous une grotte,
taillée en plein sable.

« A plat ventre.. » chuchota l'ancien

les herbes. Honoré Rogaton avait eu
soin de mettre sous son bras son chapeau
haut de forme, qui l'eût dénoncé, et
Jojo avait quitté son melon.

Ils parvinrent au-dessus du trou,
dans lequel ceux qu'ils épiaient s'étaient
évanouis. Le sol, par chance, était
sillonné de fissures laissant passer le
bruit des voix. En sorte qu'ils entendirent la conversation souter-
raine.

Cela commença par une discussion.
En l'écoutant, le chiffonnier donnait des
signes imperceptibles de plaisir. Car il
recueillait ainsi d'utiles renseignements
pour les transmettre à qui de droit. En
les rapportant dès maintenant, nous les
apprécierons aussi, car ils éclairent
certaines obscurités de notre récit.

« Misérables ! disait Michou appuyé
par Lupin, en s'adressant aux trois
autres... Faux frères !... En voilà des
manières de nous avoir plaqués !

« Vous vouliez le gâteau pour vous
tout seuls; c'est pour ça qu'un beau
matin vous avez pris la clef des champs,
en emmenant l'homme, celui qui fabri-
quait les billets. C'est-y vrai ?

— C'est vrai, répondirent trois voix...
et après?

— Nous autres, heureusement qu'on
avait en poche une provision de papiers

bleus... autrement on serait crevé de misère.... Est-ce vrai?

— C'est vrai... et après?

— Seulement, quand on n'a pas la source sous la main, ça s'épuise vite. Alors, Lupin et moi, on a dû rogner sur le budget, alors que vous autres vous nagiez dans l'or... Est-ce vrai?

— C'est vrai... et après?

— Qui a voulu nous semer? Qui s'en est allé se promener dans la province, du côté de la Bretagne, pour nous dépister? Est-ce vous? Qui vous a donné la chasse et qui n'a pas pu vous rattraper? Est-ce nous? Se fait-on des tours comme ça, entre bons camarades? Est-ce vrai?

— C'est vrai... et après?

— Après, ça n'a pas mieux fini pour vous que pour nous. Toute la troupe de malheur a découvert vos manigances, comme les nôtres.... Après, il n'aurait pas fait bon de les attendre et on ne les a pas attendus; seulement X. Y. Z., l'employé du trésor, il est resté dans les serres des vautours. C'est bien fait pour vous et vous voilà ratiboisés comme nous-mêmes. Alors... le malheur rapproche et on pourrait se raccommoder pour reprendre la petite industrie, chercher un autre praticien... quoi.... L'union fait la force! »

Les mains de Potard, Verjus et

M. ROGATON ET JOJO SE PENCHÈRENT
POUR ÉCOUTER.

Bidoche se tendirent vers Michou et Lupin :

« Ça va, dirent-ils... on fait la paix!

— Minute, reprit Michou. Comme ça, l'honneur ne serait pas sauf. Les injures, ça se lave à coups de poing.... Mettez-vous en garde, on va se battre... Toi, Bidoche, on te dispense.... Avec toi,

vous seriez deux contre trois, ce serait pas juste.... »

En les écoutant, Honoré Rogaton n'en revenait pas. De pareils coquins parlant d'honneur et de justice! En venir aux mains, avant de se réconcilier, pour effacer la tache à l'union commune, comme autrefois des gentils-hommes allant sur le pré!

« *O stupefactio! Profunda stupefactio!...* » marmonna-t-il entre les dents, employant, dans l'intensité de son étonnement, un latin détestable. Cela lui arrivait d'ailleurs de plus en plus fréquemment, au fur et à mesure que la date fortunée où il avait conquis son diplôme s'éloignait dans le passé.

C'est afin de s'éloigner dans le présent qu'il profita de la bataille pour se retirer avec Jojo qui en grillait d'envie. Il avait craint un instant que les pugilistes ne sortissent en plein air pour régler leurs comptes, mais la discussion ne fut pas plutôt terminée, qu'il perçut le bruit de coups sourds, mêlés à des vociférations et à des injures.

Il ne désira pas en entendre davantage et, à plat ventre, suivant avec peine l'enfant auquel ce genre de sport était plus habituel, il s'en fut en maugréant :

« Pourvu que ces démons ne se tuent pas! Ça ruinerait ma combinaison. Bah! Il en restera toujours bien un sur les cinq pour les bancs de la Cour d'assises. »

Il ignorait qu'il avait été convenu entre les boxeurs qu'on suspendrait les hostilités dès le premier coup sérieux. Verjus ayant eu le nez écrabouillé. Bidoche, arbitre choisi, déclara la lutte close. Elle cessa incontinent sans causer d'autre dommage grave.

A la préfecture de police. La bonne-maman Penguidic, qui était restée au logis, ne pouvait se vanter de pareille chance. Quand ils revinrent de leur expédition, ils la trouvèrent sur sa paillasse, avec une bosse au front grosse comme une pièce de cent sous.

Des jérémiades à n'en plus finir s'échappaient de sa bouche :

« J'm'en vas!... J'veux plus rester à Paris... J'm'en retourne à Kerbaradoz.... C'est des monstres, vos Parisiens, mon cher monsieur Rogaton.

—. Que s'est-il donc passé, ma chère dame ?

— S'il y avait de quoi faire tant de bruit parce que Corbino a enfoncé son groin dans un pot de chrysanthèmes à cette dame Barbaroux, qui demeure à côté !

— Votre cochon a eu tort de ne pas respecter la propriété d'autrui.

— C'te pauv' bête ! Elle ne savait pas qu'elle faisait du mal.... Quand j'ai vu qu'on lui cherchait des raisons, j'ai pas pu m'tenir de lui porter secours.

— Grave imprudence !

— Dame ! La Barbaroux brandissait un manche à balai... même qu'elle lui en a allongé un bon coup.

— Et c'est vous qui l'avez reçu....

— Vous étiez donc là ?

— Non, madame Penguidic... mais vous en portez la marque sur votre figure. Ce n'est pas difficile à constater, quand, durant soixante années, comme moi, on a pu se rendre compte des emportements du sexe féminin.

— En attendant, riposta la pauvre vieille, ça me fait bien mal entre les sourcils. »

Honoré Rogaton présenta à Jaketa le coin d'un morceau de foulard qui lui servait de mouchoir :

« Mouillez-le du bout de la langue, fit-il. La salive, c'est souverain.... »

Ce qui fut fait, et il en tamponna la bosse avec sollicitude.

Il suffit d'une attention toute menue pour apporter un grand soulagement à nos peines. La bonne-maman se calma. S'étant mise debout, elle interrogea le chiffonnier.

« Eh bien, ça s'est-il passé comme vous vouliez ?

— Nous les tenons, reprit Rogaton d'un air triomphant ?

— Alors, on va s'en retourner bientôt à Kerbaradoz ?

— Pas encore.... Mais, dès demain, nous irons tous les trois à la Préfecture de police. »

Ce mot de police avait le don de jeter Jaketa Penguidic dans des transes cruelles :

« J'y ai pas affaire, moi, chez ces hommes-là.....

— Pardonnez-moi. Votre témoignage peut apporter de la clarté dans l'enquête. »

Il s'étendit dans des considérations sur le devoir qui incombe à tout persé-cuté de confondre son persécuteur. Quand il eut égrené tout un chapelet d'axiomes, de sentences, de proverbes, il y avait déjà un certain temps que Jaketa s'était recouchée et qu'un sommeil paisible s'était emparé d'elle. C'était

L'ANCIEN PROFESSEUR EUT UN RÊVE MERVEILLEUX.

un plus sûr remède à ses émotions que les élucubrations philosophiques de l'ancien professeur.

Voyant qu'elle ne l'écoutait plus, il passa dans la pièce à côté, espérant en Jojo un auditeur plus attentif.

Mais celui-là aussi dormait.

Honoré Rogaton se consola de sa solitude forcée en tirant d'un soulier qui lui servait de cave à liqueur un flacon d'eau-de-vie.

Il en avala une gorgée et fit claquer sa langue, puis une seconde, puis une troisième.

Sous l'influence du breuvage, il se lança dans un pot pourri de vers latins, dont il scandait les pieds avec ivresse. Jamais substantif ne fut mieux approprié.

Enfin, il se laissa choir sur des sacs de chiffons, repassa dans son cerveau quelque peu fumeux les événements de la journée, et se félicita, grâce à sa perspicacité, d'avoir retrouvé les forbans. Il tira des plans pour mettre la justice au courant de ses découvertes et, par degrés, s'en fut au pays des songes.

Là, il rêva que le ministre de l'Instruction publique, en personne, lui remettait les palmes d'officier d'académie pour services exceptionnels, avec cette mention : « Précieux auxiliaire de la défense sociale. »

Toujours redondant, ce bon M. Rogaton, même en rêve.

Le lendemain matin, M. Rogaton prépara ses amis à la visite qu'il comptait leur faire faire à la Préfecture de police.

En prévision, Mme Jaketa Penguidic lava, nettoya ses jupes et son bonnet et Jojo raccommoda avec soin son pantalon.

DEVANT LA POLICE

Trois inspecteurs de la Sûreté jouaient à la manille, dans leur cabinet de la Préfecture de police. Un garçon de bureau entra :

« Il y a là deux vieillards, un homme et une femme, avec un gosse, qui voudraient vous parler. »

Mais les inspecteurs étaient en train de discuter un coup avec acharnement :

« Fallait filer ton manillon de trèfle ! Tu le sauvais, ton manillon.... C'est drôle que tu n'aies pas vu ça. »

Le garçon de bureau répéta sa phrase, à laquelle il ajouta celle-ci :

« Le vieux bonhomme dit qu'il a une communication à faire de la plus haute importance.

— Tout à l'heure. »

Ce fut la seule réponse qu'il obtint.

Il n'en parut pas autrement frappé,

auparavant. Va-t'en les faire patienter.

Dans l'antichambre obscure et poussiéreuse où il les avait laissés, le garçon de bureau retrouva les visiteurs en question ; vous avez certainement déjà deviné leurs noms.

C'étaient Jojo, sa grand'mère et le chiffonnier.

Celui-ci, pour passer le temps, d'un mouvement plein d'élégance, s'efforçait, avec son coude, de lisser les poils de son chapeau. Jojo se grattait le bout du nez, et Mme Penguidic, un panier sur les genoux, les regards éteints, ressemblait à la statue de la résignation.

« Ces messieurs sont occupés, leur dit le garçon. Je vous ferai entrer quand ils sonneront... dans une minute. »

La minute fut suivie de plusieurs autres.

Le garçon, qui avait repris la lecture de son journal, tout à coup, leva la tête, et après quelques aspirations bruyantes des narines, s'écria :

« Mais... ça sent l'andouille ici ! »

En effet, la grand'mère en avait un morceau dans son panier, le reste des provisions apportées de Bretagne.

Elle avait pensé qu'en l'offrant à ces messieurs de la Préfecture, dont le seul nom la faisait trembler, elle les apprivoiserait peut-être un peu. C'est ce qu'elle expliqua du mieux qu'elle put.

« Malheureuse ! ne put s'empêcher de dire Honoré Rogaton.... Tentative de corruption de fonctionnaires ! »

— Ah bien ! ça serait du propre, accentua le garçon, un roublard, qui, aimant l'andouille, flairait une aubaine. Gardez-vous bien d'un coup pareil. Passez-moi-la, votre andouille, j'en dirai rien.... »

Elle quitta le panier pour sa poche. Une politesse en vaut une autre. Il alla s'informer si ces messieurs pouvaient enfin recevoir. La partie finissait et on lui répondit :

« Amène les visiteurs. »

C'est pourquoi il réapparut sur le seuil du bureau et dit en grasseyant :

« Entrrrez... »

LE GARÇON DE BUREAU S'AVANÇA VERS LES VISITEURS.

et, se croisant les mains derrière le dos, il regarda la partie de MM. les inspecteurs, donnant par-ci, par-là, quelques conseils.

Au bout de vingt minutes, il se souvint des solliciteurs qui attendaient dans l'antichambre, et il rappela leur présence.

Un des joueurs lui répondit :

« Tu nous ennuies. On fait la belle

M. Rogaton entra le premier dans le cabinet de MM. les inspecteurs ; il avait le port assuré et sa physionomie était empreinte de la plus parfaite dignité. Le chiffonnier faisait place à l'ancien conférencier, et, grâce à son habit des grands jours, d'une part, et, de l'autre, à ce que son chapeau en accordéon se voyait moins au bout de son bras que sur sa tête, il ne doutait point de produire un certain effet.

Dans son dos, ratatinée, ravagée de terreurs, se traînait Mme Penguidic, et Jojo se dissimulait au troisième plan derrière la corpulence de l'aïeule.

M. Rogaton, fièrement, présenta sa carte maculée. Un des inspecteurs la prit et fit une moue de dédain. Ce bout de carton malpropre et jauni ne lui disait rien qui vaille.

« Encore un raté, » dit-il à ses collègues, à mi-voix.

Puis, les trois fonctionnaires braquèrent des regards scrutateurs, de ces regards professionnels qu'on a peine à soutenir, sur le groupe des nouveaux venus. Sous de tels yeux, on est tenté de se croire criminel alors qu'on est innocent comme l'enfant qui vient de naître.

A cet instant, un cri retentit.

La grand'mère l'avait poussé en s'affaissant dans les bras d'Honoré Rogaton. En même temps, Jojo, plus mort que vif, se laissait choir sur le plancher.

Ils avaient reconnu Girard, Lévêque et Masson, ceux qui les avaient arrêtés dans l'auberge de Pont-Coadou !

Ceux-ci, intrigués par ce coup de théâtre, examinaient attentivement l'enfant et la bonne femme. Le vieil homme, ignorant la cause de leur émotion, répétait sans cesse :

« Saperlipopette !... De la tenue, saperlipopette ! De la tenue ! »

Tout à coup, Lévêque se frappa le front :

« Mais je connais ces figures-là ! Ah ! elle est fameuse ! Cette bonne femme-là, c'est le bonhomme de Pont-Coadou ; et le moucheron, c'est le petit Turc ! »

Il alla donner un tour de clef à la porte ; puis, aidé de ses confrères, il assit sur des chaises les pauvres syncopés....

« Voyons !... voyons ! Pas tant de manières, pas de comédie, s'il vous plaît. »

Masson émit cette observation :

« C'est pas souvent que les alouettes vous tombent toutes rôties dans le bec.

— Si on avait su, ajouta Girard, on ne les aurait pas fait attendre. C'est un joli coup de filet. »

Honoré Rogaton, que cette scène imprévue avait mis un instant hors de son calme olympien, reprit son sang-froid :

« Messieurs, dit-il, en s'adressant aux inspecteurs, je vous serais reconnaissant de m'accorder quelques minutes d'attention.

— Toi, répondit Lévêque, tu fais le bon apôtre. Tu sais aussi bien que nous le fin mot. La vieille femme et le garçon font partie d'une bande de faussaires. Nous les avons pris en flagrant délit. Ils nous ont échappé. Cette fois, ils n'y couperont pas. Et on va t'emballer par la même occasion, mon vieux.... »

Le chiffonnier ne s'émut point.

C'était véritablement un homme supérieur que Rogaton, ou du moins il en avait la conviction.

« Messieurs, vous avez dit tout à l'heure, sous une forme imagée, qu'il était rare que les coupables se livrassent eux-mêmes à la justice. Si nous sommes venus jusqu'à vous, c'est précisément parce que nous ne le sommes pas, et j'espère vous en convaincre. J'en suis sûr, car je m'adresse à des gens intelligents !

« Vous avez déjà rencontré sur votre chemin, paraît-il, ces malheureux innocents. Je suis au courant de leurs infortunes, et ça s'est passé probablement dans l'auberge d'un bourg de Bretagne, qui se nomme Pont-Coadou.

Explications. ø ø Les inspecteurs, que l'accent de sincérité du vieil homme amadouait un peu, firent un signe d'acquiescement. Mais il fut suivi de cette remarque :

« Quand on n'a rien sur la conscience, on ne nous craint pas.

— Sans doute, messieurs, reprit Honoré Rogaton. Tenez compte, toutefois, que vous avez affaire à de pauvres gens d'un esprit simplet, qui ne raisonnent pas quand ils ont peur. Lorsque vous les avez arrêtés, ils avaient passé par tant d'épreuves, qu'ils n'étaient plus dans leur bon sens. »

En écoutant parler le bonhomme, les

policiers commençaient à croire que sa qualité d'ancien professeur n'était pas une imposture, car il s'exprimait vraiment avec logique et facilité. Jamais on n'avait **vu** bandit si correct !

Il leur **narra** d'un bout à l'autre l'odyssée stupéfiante de Jaketa Penguidic et de Jojo Dibidoub. Comme les faits qu'il rapportait coïncidaient point pour point avec ceux que leurs investigations avaient mis au clair, ils furent contraints d'y accorder quelque créance et leur incrédulité en reçut de sérieuses atteintes.

Mais ce qui acheva de les ébranler, ce fut quand Honoré Rogaton, qui avait gardé son grand effet en réserve, leur dit, en donnant à ses paroles un tour solennel tout à fait impressionnant.

« Nous avions autant à cœur que la justice de notre pays de mettre la main, pour les châtier de leurs forfaits, sur Michou, dit le Révérend Sam, sur Lupin, dit le Révérend Jim, sur Potard dit Mohammed Fayoum Pacha, sur Verjus, dit Ben Beni Souëf Effendi, et sur Bidoche, dit Kadour Benamadouche.

Jusqu'ici, vos recherches patientes et bien conduites n'ont malheureusement pas abouti à l'arrestation des bandits. Vous n'avez pu savoir dans quel repaire ils se cachent. Eh bien, moi, je le sais !»

Lévêque, Girard et Masson eurent un mouvement de surprise.

« Je le sais, vous dis-je, grâce à ma connaissance des bas-fonds parisiens, à une expérience acquise par des fréquentations fâcheuses auxquelles m'ont obligé mon humble position. Mais, n'est-ce pas, *vivere primo* !

— Ça veut dire ? demanda Masson, qui n'était pas bachelier.

— Ça veut dire : Il faut vivre d'abord. Donc j'ai dirigé mes pas vers le maquis où je pensais lever les mauvaises bêtes et j'avais emmené avec moi ce jeune Breton qui devait les reconnaître, eussent-elles changé de costume.

« Messieurs, le succès a couronné nos efforts. La bande a élu domicile dans une carrière, sur les hauteurs qui dominent Sèvres, où il vous sera loisible de la cueillir, quand vous jugerez l'instant favorable. Nous sommes à votre disposition pour vous y conduire. »

Cette péroraison produisit l'effet qu'elle devait produire. Les inspecteurs revinrent de leurs préventions et poussèrent l'obligeance jusqu'à faire apporter de l'eau sucrée et de l'eau de mélisse, afin de remonter la grand'mère et le petit-fils encore abattus, mais qui cependant avaient repris courage, après la harangue de leur ami.

N'ayant aucun goût pour les liqueurs fortes, ils se contentèrent de l'eau sucrée, et Honoré Rogaton vida la bouteille d'eau de mélisse, sans en laisser

JAKETA PENGUIDIC SE TROUVA MAL.

une larme et sans en paraître incommodé.

Les choses allaient donc à merveille. Cependant la police est soupçonneuse. Comme Rogaton donnait le signal du départ, on le pria de rester.

« Vous comprenez, il faut vérifier vos dires. Nous devons nous assurer que Jaketa Penguidic et Jojo Dibidoub sont bien originaires de Kerbaradoz, qu'ils y jouissent d'une bonne réputation, qu'ils n'ont pas de casier judiciaire, qu'ils sont bien entrés en rapports avec les scélérats de la manière que vous avez mentionnée. Bref, on va écrire au chef-lieu du département du Finistère, à Quimper, pour qu'une enquête soit ordonnée immédiatement.... Oh ! ce ne sera pas long. Bientôt vous pourrez réintégrer vos appartements. On s'assurera aussi que vous, principal témoin, vous n'avez pas donné une fausse adresse et que vous-même n'avez jamais été condamné. »

A ces mots, le pince-nez de Rogaton

« POUR QUI ME PREND-ON ? » S'ÉCRIA LE PROFESSEUR.

sauta de son nez et ses sourcils menacèrent le ciel.

« Pour qui me prend-on ? s'exclama t-il. Nul plus que moi n'a droit au prénom d'Honoré. » Et, cambrant la jambe, la main sur le cœur, il déclina le mot *Honor, honoris,* au singulier et au pluriel, sans faire grâce d'une lettre.

Puis, avec une dignité morose :

« Alors, on nous garde en prison ?

— Point du tout. On va vous préparer une chambre ici même, avec un cabinet où couchera madame. On vous y apportera vos repas d'un restaurant voisin.

— C'est que... nos moyens....

— A l'œil, monsieur Rogaton ; c'est le gouvernement qui paie.

— Alors, ça va, et c'est la première fois de ma vie.... »

La lumière se fait. ⌀ ⌀ En réalité, ils restèrent huit jours dans le local du service de la Sûreté où on les avait consignés, et cette claustration augmenta encore le dégoût de la grand'mère et du petit-fils pour la capitale.

Quand l'enquête fut terminée, Lévêque vint le leur annoncer.

« On va vous donner la liberté, honorable professeur. Les renseignements sont excellents sur vous et sur la bonne femme. On n'insiste pas sur le vol du landaulet par Jojo. Le but qu'il poursuivait est une excuse. On n'inquiétera pas non plus la vieille femme et le petit pour nous avoir brûlé la politesse. Ce n'est pas correct, mais ça s'explique très bien.

« Il ne nous reste donc plus qu'à régler l'ordre et la marche de l'expédition contre les bandits à mettre à l'ombre.

« Vous êtes bien sûr, monsieur Rogaton, de retrouver la carrière où se tapit cette belle société ?

— Absolument ; je suis un vieux renard, je vous l'ai dit.

— Un renard savant.

— Vous me comblez.

— Donc, pas d'erreur. Mais, dites donc....

— Quoi?

— Si cette carrière, comme c'est l'habitude, correspond avec d'autres par des couloirs souterrains qui s'en vont parfois aux cinq cents diables, nous sommes frits. Quand les rats sentent le chat, ils fuient.

— Je n'avais pas songé à cela, reprit le chiffonnier perplexe.... En effet, en effet....

— Nous y avons songé, nous autres. Ce n'est pas dans la carrière elle-même que nous devons surprendre Michou, Potard et compagnie. C'est au dehors.

— A condition qu'ils veulent bien en sortir.

— Évidemment. Pour ça, il faut leur en donner l'envie.

— Je ne vois pas bien comment.

— Il y aurait un moyen : ce serait que Mme Jaketa Penguidic et Jojo aillent faire un petit tour aux environs. En les apercevant, comme ils ont, probablement, un ressentiment forcené contre eux, qu'ils les accusent de les avoir dénoncés et d'avoir provoqué les perquisitions, ça ne traînera pas. Ils se précipiteront sur eux. Nous serons aux aguets, à portée, et avant qu'ils n'aient eu le temps de nuire, on tombera dessus et on les réduira à l'impuissance. »

Ah ! mes enfants ! Quand nos Bretons, qui assistaient à l'entretien, entendirent ça, un véritable ouragan de lamentations — le mot n'est pas trop fort — souffla hors de leurs poitrines.

« Oh non ! oh non ! Ayez pitié, pour l'amour de Dieu ! Ils nous tueraient. Oh ! là là !... »

On ne parvint jamais à les con-

vaincre, d'autant mieux que M. Rogaton déclara, non sans vraisemblance,
qu'un coup de couteau est vite donné.

Cette horrible perspective arracha
aux malheureux de nouveaux beuglements de détresse.

Pour prendre les bandits. ø ø Il y
eut un silence, durant lequel l'ancien
professeur se prit le menton dans la
main, en posture d'homme qui réfléchit.

« Je crois avoir trouvé, affirma-t-il,
au bout d'une minute.

— On vous écoute.

— Voilà. Mme Penguidic a amené
Corbino à Paris.

— Qui est-ce que c'est que celui-là,
encore?

— Ce n'est pas un électeur comme
vous et moi. C'est un cochon.

— En voilà une drôle d'idée !

— Je le concède. Mais ça pourrait
nous rendre service.

— Expliquez-vous.

— C'est bien simple. Pas utile d'être
grand clerc pour penser que nos coquins
en sont réduits à la portion congrue.
Ils n'ont plus un sou et n'osent guère,
se sachant surveillés, risquer l'attaque
des passants.

— Bien raisonné....

— Pas trop mal. Conséquemment, si
on laisse vaguer le cochon dans leur
rayon visuel, l'idée toute naturelle qui
leur viendra sera de s'en emparer pour
le transformer en boudin.

— Vous avez manqué votre voca-
tion. Vous devriez être agent de la
Sûreté.

— Possible. Alors vous approuvez
l'idée, parce que, bien entendu et
comme corollaire, — un corollaire,
c'est l'équivalent scientifique du mot
conséquence....

— Vous faites bien de prévenir.

— Donc, comme corollaire, à l'instant précis où ils happeraient le cochon,
vous bondiriez et c'est eux qui seraient
pris.

— Vous avez du génie, monsieur Rogaton.

— Y a des jours. On fait ce qu'on
peut. »

Malgré les plus vives protestations
de Jaketa et de Jojo qui tremblaient
pour la peau de Corbino, comme ils
avaient tremblé pour la leur, le sys-
tème préconisé fut admis.

Et l'on prit rendez-vous.

Mais, avant de se retirer, le vieil
Honoré, poussé par Jojo et Jaketa,
demanda à Lévêque quelques précisions
sur certains faits qui sont encore dans la
pénombre. Sa réponse nous en donnera
enfin l'explication.

« Il y avait déjà longtemps, dit l'inspecteur, qu'on soupçonnait ces individus-là de fabriquer et d'émettre des
faux billets de banque. Ils étaient bien
imités, mais tout de même reconnais-
sables à de légères imperfections. »

« La Préfecture eut vent qu'il y avait
eu de la brouille entre eux; que Potard,
et Verjus, pour dépister Michou et
Lupin, s'en étaient allés en Bretagne
dans une auto jaune.

« L'ayant su, ceux-ci s'étaient lancés
à leur poursuite dans une auto rouge.
Nous autres, Masson, Girard et moi,
on nous avait envoyés sur les traces de
l'auto jaune et de l'auto rouge dans une
auto verte.

« Comme de juste, nous avions expédié des dépêches dans toutes les direc-
tions pour prévenir les habitants

JAKETA ET JOJO POUSSÈRENT DES CRIS
D'EFFROI.

de la contrée que des touristes payaient
leurs dépenses avec du mauvais papier.
On indiquait en même temps comment
s'en apercevoir à première vue .

— *Resplendit lumen !* interrompit Rogaton. J'y vois clair. »

Puis se tournant vers Jojo et la bonne-maman :

« Cela vous démontre pourquoi, lors de votre passage à Pont-Coadou, l'épicier chez lequel vous entrâtes vous pourchassa tous les deux en vous acca-

M. ROGATON ET L'INSPECTEUR SE SERRÈRENT CORDIALEMENT LA MAIN.

blant de sottises et pourquoi vos nouveaux maîtres se sont esquivés, *presto, subito*, sans plus attendre. L'honnête commerçant, en regardant vos billets et averti par les dépêches de ces messieurs, s'était aperçu qu'ils ne valaient pas un centime. Vous auriez été de bonne prise.

— C'est donc ça !... soupira la grand'mère. Y en a-t-il du monde pernicieux !

— J'aurais jamais pensé à ça, fit Jojo.

— Mais j'espère qu'à présent, ça ne t'étonne plus, ou tu serais vraiment un peu bête. »

Soulagé de cette remarque, le chiffonnier dit à l'inspecteur :

« Continuez, s'il vous plaît ; vous m'intéressez prodigieusement. Je ne parviens pas à m'expliquer comment, avec vos deux confrères, les respectés MM. Girard et Masson, vous avez dans ce même Pont-Coadou, lors de leur second passage, mis la main sur Mme Jaketa Penguidic, revê-

tue de la livrée masculine de William, et sur Jojo, sous le costume turc d'Ali.

— Veuillez vous reporter, monsieur Rogaton, à ce que je vous ai dit : coup sur coup, des automobilistes avaient essayé de filouter l'épicier de Pont-Coadou. Quand, à notre tour, nous nous y sommes arrêtés, les habitants se sont imaginé que nous étions aussi de la bande. Ils nous ont fait une réception plutôt fraîche.... Pas de raisonnement possible avec des gens furieux.... Le plus simple, c'était de s'en aller, et puis, à tout prix, il fallait continuer la chasse.

« Le malheur, c'est que les gendarmes, entre le passage des escrocs et le nôtre, pour le cas où la procession eût continué, avaient établi un barrage en travers de la route.

« Ils nous ont sommé de faire halte. Respectueux de l'autorité, nous avons stoppé brusquement, d'où un panache épouvantable.

« Il en est résulté que nous avons été grièvement blessés, Masson, Girard et moi-même. On nous a transportés à l'hôpital de Pont-Coadou où tout s'est expliqué. On nous a soignés. La réparation a demandé un certain temps et nous étions encore dans la localité, en convalescence, quand Madame et le petit jeune homme ici présents y survinrent un beau matin.

« Comme pour payer leur déjeuner Jojo tirait de son portefeuille un des fameux billets que nous connaissions bien, tout logiquement nous avons pensé qu'ils étaient affiliés à l'association, et ça n'a pas été long.... On les a bouclés !

« C'est bien cela que vous vouliez savoir, monsieur Rogaton? Vous voilà fixé.

— Parfaitement, *Lumen de lumine !* »

Avec des manières fort courtoises, véritablement supérieures à son état, il prit congé de l'inspecteur, ayant réglé avec lui le plan de l'expédition, qui devait avoir lieu trois jours après.

DANS LES CARRIÈRES DE SÈVRES

« ALLONS, viens mon gros.... Viens, sois gentil. »

Ces exhortations conciliantes étaient adressées à Corbino, tous les cinq pas, par M. Honoré Rogaton.

Cela se passait à quelques centaines

de mètres de la cité des chiffonniers de Vanves, d'où l'on était parti, dès le lever du jour, pour les carrières de Sèvres. Il y avait une bonne heure de cela et on n'avançait point.

Les trois inspecteurs, qui étaient venus prendre l'ancien professeur pour se rendre avec lui sur le théâtre des opérations, tiraient à tour de rôle sur une corde passée au cou du cochon, ou le poussaient par derrière.

Il ne voulait rien savoir. C'est une entreprise formidable que la conduite d'un goret récalcitrant.

Celui-ci avait pourtant l'habitude de voir des horizons nouveaux, et il est très rare qu'un quadrupède de la gent porcine eût fait, comme lui, le voyage à pied de Bretagne à Paris. C'est un fait d'expérience que les déplacements nous rendent aventureux.

Il est probable qu'il n'en va pas de même pour les cochons. Et puis, il faut reconnaître, afin de justifier le nôtre, que l'existence qu'on lui faisait mener si différente de celle d'autrefois, sur sa lande natale, devait le troubler singulièrement et le rendre méfiant. C'était là, évidemment, la cause de la mauvaise grâce qu'il mettait dans ses rapports avec MM. les Inspecteurs de la Préfecture de police.

Ne nous montrons donc pas trop sévères !

Si encore Jojo ou la grand'mère eussent été là, peut-être se fût-il montré plus allant. Mais Honoré Rogaton, aussi bien doué sous le rapport du cœur que de l'esprit, avait jugé préférable de leur épargner les affres d'une entreprise qui pouvait tourner au dramatique.

De plus, comme ses pareils, quand on les mène à la boucherie, peut-être l'animal flairait-il un sort douloureux.

Quoi qu'il en soit, il faisait preuve d'une mauvaise volonté indomptable.

Les conducteurs s'épongeaient le front et l'accablaient des apostrophes les plus violentes, comme il est d'usage en pareille occurrence, quand — les dieux soient bénis ! — apparut sur la route un fiacre.

Un de ces fiacres préhistoriques, conduit par un cocher antédiluvien, comme on n'en rencontre plus que dans les lointaines banlieues.

Il s'en venait tout doucement, au petit trot d'un cheval qui devait avoir au moins trente-cinq ans ! Peut-être, dans sa jeunesse lointaine, avait-il gagné le Grand Prix de Paris, ou celui du Jockey-Club. Quoi qu'il en soit, il arrivait à point.

Ce fut le salut. Lévêque le réquisitionna sur-le-champ, et au prix d'efforts inouïs, on y installa Corbino, solidement ficelé. Honoré Rogaton prt place à ses côtés. Les inspecteurs l'escortèrent à pied.

C'est peut-être, dans les annales de l'histoire, la seule fois qu'un cochon ait pris un fiacre. Il sembla d'ailleurs y trouver de l'agrément, cessa de se débattre et se tut.

Le chiffonnier en profita pour exposer aux hommes de la police comment il entendait procéder.

Il le fit sous cette forme grandiloquente que nous lui connaissons, émaillant son discours de maximes, de proverbes, de tous les souvenirs du temps où il avait l'honneur de parler en public. Malgré les vicissitudes de son existence, M. Rogaton était demeuré conférencier, et c'était bien le cas d'user de toutes les ressources du beau langage pour persuader ses auditeurs de l'excellence de son plan .

Les bandits ne le connaissaient pas; ils le prendraient pour un nourrisseur de la contrée qui mène sa bête à la pâture.

Il choisirait un tertre gazonné, bien en vue, y attacherait Corbino à une palissade, puis s'en retournerait tranquillement, les mains dans ses poches, en fumant sa pipe.

On pouvait parier que les voleurs, apercevant cette proie et n'étant retenus par aucun scrupule, s'en empareraient. Ce serait le moment d'agir.

Il en fut ainsi.

Comme on avait affaire à forte partie — n'oublions pas que la bande à capturer se composait de cinq gaillards résolus, capables de vendre chèrement leur liberté — une dizaine d'agents s'étaient rendus directement sur les lieux.

On les avait choisis parmi les hommes des brigades centrales qui ont l'habitude des expéditions délicates où il faut à la fois du sang-froid et de l'audace.

Ils se dissimulèrent dans les excavations du sol, de vingt mètres en vingt mètres, pour former un cercle autour de la carrière.

Quand le chiffonnier eut accompli la tâche qui lui incombait, on attendit. Tous les yeux étaient braqués sur l'ouverture de la grotte.

Un quart d'heure... puis un autre, s'écoulèrent. Le temps paraissait long aux guetteurs. Allait-on faire chou blanc? Les vauriens, avertis par quelque indicateur occulte — eux aussi ont leur police — n'avaient-ils pas changé de retraite?

Lévêque s'impatientait.

Mais Rogaton, près de lui, le calmait.

« Ne vous agitez pas. Mettez-vous cer dans l'intérieur du trou.... Et, à la place qu'il venait de quitter, bientôt ce ne fut plus un seul visage, mais cinq, alignés en rang d'oignons, tendus vers l'animal.

« Ça va.... Ça va », chuchota de nouveau le chiffonnier.

Il y eut un conciliabule entre eux, accompagné d'une mimique qui ne

M. ROGATON MIT CORBINO DANS LE FIACRE.

dans la peau des personnages infâmes que nous traquons et songez que, n'ayant pas la conscience tranquille, ils n'avancent dans la vie ou plutôt ils ne rampent qu'avec la prudence du serpent. Ces messieurs sont comme les bêtes de nuit. Ils ne sortent qu'à la brune et rentrent tard au logis. Croyezmoi, ils font la grasse matinée, sur de bons matelas, cambriolés dans une villa de ces parages.... Tenez ! »

A travers le buisson d'épines, derrière lequel ils étaient embusqués, ils distinguèrent un visage, qui, prudemment, se montrait à l'entrée de la carrière.

C'était celui de Potard.

Le buste suivit le visage, puis tout le corps, avec mille précautions.

Le bandit examina d'abord attentivement l'espace autour de lui, de cet air spécial aux gens hors la loi, et il tomba en arrêt sur le cochon.

« Ça prend.... » murmura Rogaton.

Il demeura une longue minute en contemplation, puis on le vit se renfon-

laissait aucun doute sur leurs intentions.

Immédiatement, après un nouvel examen circulaire, ils s'élancèrent avidement, comme une troupe de chacals, sur le pacifique Corbino.

C'était le moment psychologique.

Une bonne prise. Un coup de sifflet retentit, vigoureusement lancé par Lévêque, et des quatre points cardinaux, inspecteurs et agents, d'un élan, se rabattirent sur leurs proies.

Seul M. Honoré Rogaton demeura à sa place, très glorieux d'être l'instigateur de cette belle stratégie.

Il ressentait en son for intérieur une fierté incommensurable. Grâce à lui, la société serait désormais à l'abri des menées criminelles de ces dangereux chenapans.

Maintenant, il n'y avait plus de doute, l'expédition se déroulait telle qu'il l'avait prévue.

Elle donna vite les meilleurs résultats.... Une trombe d'hommes qui se rue, une mêlée de bras et de jambes, deux ou trois détonations et une plainte aiguë, courte, déchirante !... Ce fut tout.

Potard, Verjus, Bidoche, Lupin et Michou, solidement ficelés, se débattaient sur le sol. L'attaque avait été promptement menée. Seuls, les deux premiers avaient eu le temps de décharger leurs revolvers, au hasard, sans viser.

Personne n'avait été mis à mal de part et d'autre, mais....

L'infortuné Corbino, innocente victime expiatoire, râlait, atteint d'une balle dans le ventre.

M. Honoré Rogaton en fut sincèrement affligé, d'abord parce que sa bonté naturelle s'étendait à toute la nature, ensuite parce qu'il prévoyait que cette fin prématurée — Corbino était encore dans la fleur de l'âge — causerait un véritable chagrin à Jojo et à Mme Penguidic.

Il se disposait même à prononcer son oraison funèbre dans des phrases sonores, pleines de réminiscences classiques, mais les inspecteurs ne lui en laissèrent pas le temps, et ces simples mots : « Assez causé, l'ancien ! » lui signifièrent que ce n'était ni l'heure ni le lieu de s'abandonner à sa faconde. On y perdit un morceau du meilleur style !

Une voiture cellulaire, qui attendait Lévêque avait gardé à sa disposition qu'on ramena à Vanves le seul mort de la bataille.

Son arrivée, il est aisé de le comprendre, donna lieu à des scènes bien pénibles. Jojo sentit fondre ses yeux devant les restes inanimés du compagnon de ses rêveries d'antan.

Quant à Mme Penguidic, en dehors des regrets suggérés par une affection sincère, sa douleur se manifesta d'une façon plus effective dans cette plainte :

« Un cochon qui valait plus de cent écus, au prix où est le lard !

— Mais, ma chère dame, lui assura Honoré Rogaton, il les vaut encore. Nous le vendrons à un charcutier, après avoir retenu les grillades. Nous les mangerons ensemble, si vous le **vou**lez bien, dans un repas que j'ai l'intention de vous offrir, chez un marchand de vin de mes amis, qui cuisine dans la perfection. »

On ne peut nier que c'étaient là des consolations appréciables, et si l'on est surpris de cette intention dînatoire du chiffonnier, au quel ses revenus modestes semblaient interdire l'entrée des bons restaurants, ce ne sera qu'un étonnement de courte durée, quand on saura que la Préfecture avait alloué une somme de cinq mille francs à celui

LES CINQ BANDITS PARURENT DERRIÈRE UN TALUS.

à proximité, conduisit au Dépôt les gredins dont les exploits étaient finis, en attendant leur départ définitif pour la Guyane, où on ne manquerait pas de les envoyer, et c'est dans le fiacre que qui ferait arrêter les dangereux faussaires.

En revenant de Sèvres, l'inspecteur Lévêque avait appris à Rogaton qu'il en toucherait le montant.

Honoré Rogaton tint parole. Il régala royalement la grand'mère et le petit-fils auxquels s'étaient joints le susdit Lévêque, ainsi que Masson et Girard.

On y déboucha même du champagne,

être en reste, l'invita à venir y passer quelque temps.

« Ça vous reposera, lui dit-elle, de tout le **tourment** qu'on vous a donné, le petit et moi.

LA VIE ÉTAIT PAISIBLE CHEZ JAKETA PENGUIDIC.

et, le devoir de l'historien étant d'être véridique, quoi qu'il lui en coûte, nous sommes dans l'obligation d'avouer que l'ancien professeur en but immodérément. Bien qu'il en fût contumier, jamais peut-être, dans sa vie, il n'avait autant parlé latin. Mais soyons-lui indulgents et fermons les yeux sur ses défauts pour ne tenir compte que de ses qualités.

Il nous en a donné des preuves évidentes. Si, en signalant le repaire des redoutables contrefacteurs, il en purgea fort à propos la société, du même coup, il vengea leurs victimes de toutes les avanies qu'ils leur avaient fait endurer, il les soulagea d'un cauchemar et leur permit de retourner, l'esprit en paix, dans leur chère Bretagne, en cet heureux hameau de Kerbaradoz où l'existence est moins mouvementée.

Mme Penguidic, qui ne voulait pas

— J'accepte sans façon... à la condition que je paie le voyage en chemin de fer. Vous ne ferez pas la route à pied, ce coup-ci. »

La bonne femme se laissa prier, pour la forme. Mais elle céda finalement et résuma ainsi sa pensée :

« Ça fut une bénédiction, le jour qu'on vous a connu ! »

On ne pouvait mieux dire, en parlant d'Honoré Rogaton, que nous tenons pour un brave homme, malgré les erreurs de sa jeunesse, sa soif sans bornes raisonnables, et ses extravagances pédagogiques.

Retour au pays. ∅ ∅ Le beau jour que celui où la grand' mère et le petit-fils revirent la chère maison de là-bas ! Ils avaient été mêlés à bien des événements extraordinaires, mais il allait s'en produire un autre tout aussi singulier.

Après leur retour au pays, un soir

qu'ils devisaient autour de la cheminée, les premiers froids étant venus, le chiffonnier, après avoir poussé quelques gros soupirs, dit plaintivement :

« Ma bonne chère dame, voilà déjà

LE VENT S'ACHARNAIT CONTRE LE HAUT DE FORME DE M. HONORÉ ROGATON.

quelque temps que je vous encombre de ma personne.

— Pouvez-vous dire, mon bon monsieur !

— Pardonnez-moi..... Il faut que je songe à retourner dans ma cabane de Vanves. Je me plaisais pourtant bien ici. »

Jojo, qui s'était pris d'une grande affection pour le vieil homme et l'appelait Bon papa Mentor, de plus belle, s'écria gentiment :

« Oh ! bon papa, on ne pourra pas vivre heureux sans vous. »

Enhardi par cette chaude intervention, Rogaton reprit, la voix en flûte, presque timidement :

« Madame Penguidic, si j'étais moins défraîchi, je vous offrirais ma main.

— Pour ça, répondit-elle vivement, ça n'est pas de refus, et ça serait bien de l'honneur pour une paysanne comme moi de porter le nom d'un homme aussi capable que vous. Si c'est pas pour rire que vous dites ça, moi je veux tout à fait bien. »

Mais non, ça n'était pas pour rire. On publia les bans, on fit la noce sans embarras. Avec ce qui restait de la prime, un peu écornée par le voyage et le repas au restaurant, on remboursa les deux cents francs empruntés au notaire, on racheta des poules et des canards, on s'arrondit d'un petit champ et on eut un autre Corbino.

C'était bien le moins qu'on dût à la mémoire du premier, le seul acteur de cette tragi-comédie à jamais disparu.

Ah ! la vieillesse tranquille qu'ils menèrent ensemble, la bonne-maman Jaketa Penguidic et M. Honoré Rogaton, bachelier ès lettres, ancien professeur et ancien chiffonnier !

Il revêtit un tricot de marin, mais il demeura fidèle à son chapeau haut de forme en accordéon, qui ne s'attendait guère à être caressé par le vent du large et qui surprit maintes fois les pies des landes et les écureuils des bois.

Celui dont il avait abrité le crâne, loin des poussières de Paris, perdit l'habitude de se désaltérer fréquemment.

Dans la paix des champs, il oublia sa manie du mauvais latin et ne songea plus jamais à l'enseignement des langues mortes.

Il se borna à apprendre le français aux petits Bretons de Kerbaradoz, en leur fredonnant des rondes, ce qui valait mieux.

Jojo Dibidoub, lui, devint apprenti menuisier, aidant à faire bouillir la marmite de sa bonne-maman par le sang et de son bon-papa par l'adoption. Il était d'ailleurs peu exigeant ; ses cheveux retrouvèrent leur couleur de brique et il endossa de nouveau son costume breton.

Dans les longues causeries du soir, l'été à travers les allées du courtil, l'hiver devant les landiers de l'âtre, Honoré Rogaton répétait souvent à l'enfant :

« Vois-tu, mon petit, on a plus de bonheur à la campagne qu'à Paris. L'air y est plus sain, les gens plus honnêtes.

« Faut se méfier des beaux messieurs en auto, quand ils vous proposent de vous y emmener.

— Ah ! oui, dame ! Ah ! Paris, ma Doué, avait coutume de répondre Jojo.... J'y ai t'y été puni ! J'y ai t'y été puni !»

FIN

Table des Matières

BIBLIOTHÈQUE DE LA JEUNESSE

VOLUMES DÉJA PARUS :

A PARAITRE PROCHAINEMENT :

Chaque volume illustré broché **2 fr. 50** couverture en couleurs

3246-10-24. — Imp. HENRY MAILLET, 3, rue de Châtillon, Paris.